독서백신

# 독서백신

**초판 1쇄 인쇄** _ 2022년 9월 15일
**초판 1쇄 발행** _ 2022년 9월 25일

**지은이** _ 홍선경

**펴낸곳** _ 바이북스
**펴낸이** _ 윤옥초
**책임 편집** _ 김태윤, 박하원
**책임 디자인** _ 이민영

**ISBN** _ 979-11-5877-309-0 03800

**등록** _ 2005. 7. 12 | 제 313-2005-000148호

서울시 영등포구 선유로49길 23 아이에스비즈타워2차 1005호
**편집** 02)333-0812 | **마케팅** 02)333-9918 | **팩스** 02)333-9960
**이메일** bybooks85@gmail.com
**블로그** https://blog.naver.com/bybooks85

미래를 함께 꿈꿀 작가님의 참신한 아이디어나 원고를 기다립니다.
이메일로 접수한 원고는 검토 후 연락드리겠습니다.

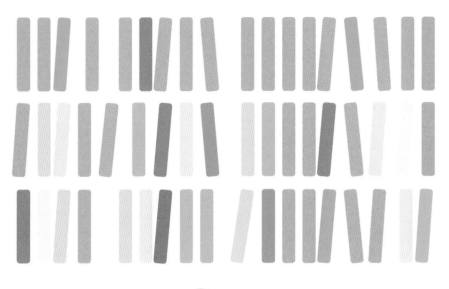

# 독서

# 백신

홍선경 지음

보건진료소장의
삶을 성장시킨 독서 이야기

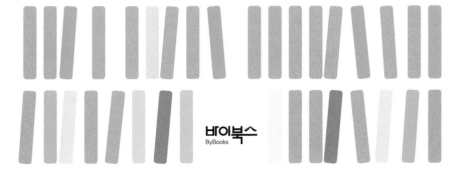

바이북스
ByBooks

# 어느 독자와 어느 작가의 편지

2020년의 어느 가을, 한 통의 메일을 받았습니다. 내가 쓴 책을 읽고 보내온 독자의 감사편지였습니다. 메일에 그냥 적지 않고 별도의 문서에 편지를 적어 첨부되어 있었습니다. 마치 손글씨를 쓴 것처럼 마음을 새겨놓은 한 장의 편지는 잠시나마 책을 쓰는 작가로서의 행복을 느끼게 해주었습니다. 적힌 내용 중 특히 눈길을 끄는 표현이 있었습니다. "이 책의 글귀들은 저라는 사람의 존재 이유와 삶의 본질을 일깨우는 '도끼'와도 같은 글이었습니다." 부끄럽고 감사할 뿐이었습니다. 또한 편지에는 독자의 다짐도 있었습니다. "제가 할 수 있는 영역 안에서 제가 잘하는 것을 가지고 나뿐만 아니라 이웃과 더불어 '작은 씨앗'이 되어야 한다는 확신이 뿌리내리게 되었습니다." 깨달음을 넘어 어떤 실천을 하겠다는 의지로 읽혔습니다. 그리고 잠시 그 가을편지를 잊었습니다. 편지가 왔던 가을, 이후로 우리는 계속 코로나 시대를 버티며 살아내었기 때문입니다.

그리고 몇 년이 지나 아직도 코로나 시대 한복판에 있던 중 다시 그 독자에게 편지가 왔습니다. 그런데 이번에는 독자가 아니라 작가가 되어 온 편지였습니다. 몇 년 전의 그 '작은 씨앗'이 싹을 틔운 모습이 떠올랐습니다. 심지어 그는 코로나 시기 온 삶을 헌신하고도 모자랐을 이 땅 어느 곳의 보건진료소 소장이었습니다. 가장 힘겨웠던 시기를 버텨낸 것을 넘어, 새로운 기회의 시간으로 바꾼 작가에게 경의를 표합니다. 당신의 시간과 당신의 열매는 곧 당신이라는 한 존재를 만들기 위해, 당신의 눈으로 읽혀진 수많은 책의 작가들의 노력과 무관하지 않습니다. 그런 맥락에서 작가님의 존재목적은 곧 동시대 작가인 저의 존재목적과도 연결되어 있음을 확신합니다.

## '지식'으로 사람을 살린다면 그것은 '지혜'

《서재의 마법》으로 개정되기 전에 원저《지식세대를 위한 서재컨설팅, 베이스캠프》에서 책의 맨 앞에 저자 서명과 함께 새겨둔 글귀가 있었습니다.

넘치는 '첩보' 속에서, 확인된 '정보'를 찾아,
필요한 '자료'로 바꾸고
그것이 오직 '사람'과 '세상'을 위해 사용될 때.
그 빛나는 생각과 언어는 '지식'으로 거듭나고

한 사람의 '지식'으로 또 한 사람을 살린다면

그것은 이미 '지식'을 넘어선 '지혜'이다.

'지식'을 '지혜'로 바꾸어 세상에 기여하는

이 땅의 모든 '지식세대'에게

이 책을 드립니다.


그러고 보니, '한 사람의 지식으로 또 한 사람을 살린다면 그것은 이미 지식을 넘어선 지혜'라는 표현은 바로 이 책《독서백신》으로 설명됩니다. 독서를 통해 마음의 항체를 만들고 생각의 근육을 만들어 인생의 아픔을 뚫고 지나갈 수 있다는 논리는 새벽이슬 같은 지혜의 산물입니다. 이는 단지 추상적인 담론이나 감성적인 격려에 머물지 않고 실제적으로 현실을 바꾸는 해결책이라고 확신합니다.


## 뇌과학으로 증명된 독서백신

여전히 현재진행형이며 매일 새롭게 밝혀지고 발표되는 뇌과학 세계이지만, 이미 확인된 지식만으로도 우리는 충분히 독서와 뇌의 학습능력 상관관계를 이해할 수 있습니다. 독서를 통해 우리가 새로운 지식을 만나고 의식을 단련한다는 것은 실제로 우리 머릿속 1,000억 개 신경세포와 각각의 신경세포가 서로 다양한 경우의 수로 연결되며 신호를 주고받는 100조 개의 시냅스를 만들어냄을 의미합니다. 책을 읽는 그 모든 순간 우리 머릿속에서는 치열한 전기작용과 화학작용이 펼쳐집니다. 어떤 지식은 이전의 지식, 다른 경험과 결합되면서 실제로 끊어진 신경세포를 연결하며, 뇌의 피질을 두껍게 강화하기도 합니다. 또 독서를 통해 타인의 지식과 모습에 자신을 비추어 학습하는 거울신경 효과를 만들기도 하고, 타인의 선한 행동을 보면서 면역항체 수치를 끌어올리기도 합니다. 이런 모든 현상은 지극히 정신적이며 의식적인 독서영역이 어떻게 과학적이고 의학적인 신체변화를 만들어주는지 설명해줍니다. 뇌과학의 발전이 《독서백신》의 내용을 탄탄하게 뒷받침하고 있습니다.

## 빛나는 아이디어의 승리

결국 또 한 발 늦었습니다. 제목을 보는 순간 '기시감'이 들었습니다. 오래전, 서울 어딘가에서 '마음약국' 자판기를 보았고 아픈 마음을 처방하는 종이를 발급해주는 아이디어를 보는 순간 다짐했었죠. 그 종이에는 극장에 가기, 맛있는 음식 먹기 등 충분히 예상가능한 행동 처방전이 있었는데도 그게 그렇게도 좋았나 봅니다. 이후 경기도 어느 한적한 경전철 플랫폼에 있던 '도서 글귀 자판기' 앞에서 또 한 번 의지를 불태웠습니다. '독서로 인생을 치유하는 글을 쓰면

좋겠다!' 독서를 아스피린이나 백신으로 연결지어 처방하는 글을 써보자고 수첩에 분명 메모해두었는데, 잠시 한눈을 판 사이에 결국 홍 작가님의 책이 나온 것입니다. 이건 진짜 아무도 모를 거야 하고 생각했는데, 그런 생각을 하는 사람이 꼭 어딘가에 있나 봅니다. 하지만 괜찮습니다. 우리들 작가라는 인생은 세상을 위해 함께 헌신하는 협력체이기 때문입니다. 우리는 봉인된 가치를 세상에 널리 꺼내어 한 사람이라도 더 진리에 이르도록 돕는 존재들입니다. 이 책이 홍 작가님으로 탄생한 것은 어떤 의미에서 운명적 산물일 수 있습니다. 이를 공식으로 표현하자면

(보건진료소장+코로나+약처방)×독서=독서백신

이 얼마나 탁월한 융합입니까. 그래도 아직 미련을 버리지 못했는지, 건질 내용이 남아있지 않을까 하는 마음으로 원고를 읽었는데, 이것도 틀린 것 같습니다. 단순한 결합 차원의 '통합'을 넘어 내용을 섞어서 새로운 맛을 내는 '융합'까지 소화해버린 것 같고 심지어는 섞여진 것들의 원래 근본 속성 일부를 바꾸어 새로운 세계관을 만들어버린 '통섭'에까지 손을 댄 듯합니다. 그래서 나는 원고 초안을 모두 읽고, 깨끗이 인정하게 되었습니다. 독서와 백신을 연결하는 글쓰기는 오롯이 홍 작가의 것입니다!
많은 책을 읽는 것은 독한 사람이라면 가능한 일입니다. 읽은 내

용들의 부분들을 추출하여 새로운 지식으로 가공하는 것도 작가들에게는 일상입니다. 하지만, 어딘가에 분명 차이가 있습니다. 지식을 모아 결합하여 또 다른 지식을 만든 글과 실제 한 사람의 몸과 마음에 지식이 들어가 존재를 그대로 통과하여 나온 글은 다릅니다. 홍작가님은 독서를 통해 존재의 변화를 경험한 듯합니다. 지식을 모아 활용하여 새로운 지식을 만드는 독서가 아니라, 독서라는 행위를 통해 책의 내용들이 존재를 필터 삼아 온전히 뚫고 지나간 것입니다. 이제 와서 보니 이건 자신의 꿈이었던 비전을 넘어섰고, 비장하게 붙잡고 있던 사명도 비교할 바 아닌, 우리가 이 땅에 존재하는 이유로서의 소명일지 모르겠습니다. 어디에 서 있는지, 어디로 가야 할지를 한참 치열하게 찾았는데, 결국 깨달은 것은 어디로부터 왔는지였습니다. 지식으로 사람과 세상을 살린다는 존재목적을 위해, 지금까지의 모든 과정은 나름 필요한 퍼즐이었을지도 모릅니다. 어서 서둘러 《독서백신》을 상용화해주기를 부탁합니다. 그리고 미리 당부합니다. 백신은 계속 업그레이드 버전이 필요하다는 사실이 분명하기에, 《독서백신》 다음 버전도 미리 준비하고 임상 준비하시기를 요청합니다.

2022년 8월. 김승. 《서재의 마법》 저자. 한국교원캠퍼스 연구교수

# 독서는 내 안에 나를 세워, 나답게 살게 했다

독서가 없었다면, 나는 떠도는 바람으로 기류에 따라 지형에 따라 자연의 오묘한 신비에 따라 이리저리 불다가 어디로 가는지 모르고 사라져가는 그 무엇이었을 것이다. 독서는 내가 바로 바람이라는 것, 왜 불어야 하는지에 대한 이유를 알게 했고, 바람의 방향과 세기를 자신이 통제할 수 있게 했다. 바람은 바람의 본질에 따라 살아야 하고, 바람의 길을 찾아, 바람의 길을 살아가야 한다고, 그것은 거역할 수 없는 자연의 순리라고 말했다.

'난 바람이니까 우주, 지구, 하늘, 땅, 바다, 태양, 달, 구름과 더불어 비를 내리게 하고, 그 비는 누군가의 생명이 될 거야.' 바람은 바람이 할 수 있는 일을 잘 알고 있다. 바람은 비가 될 수는 없지만, 순리에 어긋나지 않게 기류를 읽고, 흐름을 감지하여 살아간다. 또한 세상의 모든 것들과 연결되어, 서로가 더불어 가고, 함께 가는 길이 더욱 아름다운 삶이란 것을 알게 했다. 아름다운 성을 짓는 데 작은 돌 하나 되어주는 삶을 살라고 했다.

이십 대 이후의 세월은 '행복 찾기'의 시간이었다. 스펙 쌓기가 행복 쌓기인 줄 알았다. 대학원을 비롯한 미국 간호사 면허증, 운동처방사, 사회복지사, 보건교육사 등 자격증만 열 개 넘게 땄다. 학부모가 되어서는 아이들에게 올인했고, 아이들과 갈등이 생기면서 신앙에도 깊이 빠져들었다. 그러다 사십이 넘어서 시작법(詩作法)을 공부하면서 시를 쓰고, 시인으로 등단도 했지만, 행복은 거기에 있지 않았다.

마지막 길에 독서가 있었다. 뒤늦게 알게 된 독서는 내 삶의 희망이었고, 희망의 문으로 들어서게 된 것은 큰 축복이었다. 한 권, 두 권의 책들이 희망을 만들었고, 희망의 싹을 틔우게 했다. 열 권, 스물, 서른…… 백 권의 책들은 '나'라는 사람의 정체를 확인하게 했고, 주체적으로 내 삶을 살아가게 했다. 진정한 자아의 발견과 자아 정체성의 확립은 나무의 뿌리가 튼튼하게 뿌리내려 성장할 수 있는 기반을 만들었다. '나의 나무'를 '나답게' 제대로 키워낼 수 있다는 것에 삶의 의미가 있었고, 책과 함께하는 삶에 행복이 있었다.

동서고금을 막론하고 성공한 사람들과 꿈을 이룬 사람들 곁에는 항상 책이 있었다. 독서는 우리가 생각하는 대로 꿈꾸는 대로 만들어 주는 힘을 가지고 있다. 우리 삶과 영혼의 행복을 위해 꼭 필요한 것이 독서이다. 이렇게 애절한 호소에도 사람들이 귀담아듣지 않는 것은 무엇 때문일까? 아마 너무도 익숙해진 잔소리로 흘러버렸거나, 지난 경험으로 독서가 쉽지 않다는 것을 알고서 미리 포기해버린 것일지 모른다. '원하는 것'은 '바라는 것'이지만 '필요한 것'은 '꼭 해야 하는 것'이다.

시골 보건진료소장으로 환자 진료 업무를 비롯한 건강사업들을 20년 넘게 해오면서 틈틈이 책을 읽었다. 그러다가 5년 전에 진정한 독서와의 만남으로 의식의 변화가 시작되었고, 싹튼 의식들은 서서히 내 삶을 변화시켜갔다. 보이지 않지만, 하루하루 경험하는 내적 성장은 동기부여가 되어 더 성장하는 하루를 살게 했다. 독서의 맛을 느끼며, 집중으로 몰입하는 시간은 그 무엇과도 바꿀 수 없는 시간이었다.

어느 날, 노교수님으로부터 받게 된 전화 한 통과 칠곡할매들 시집 두 권이 나에게 '독서백신'이 되어주었다. 교수님께서 제시하신 '인문학적 상상력'이란 단어를 가지고 책을 읽게 되었다. 이 단어를 알기 위해 책을 읽었다. 그리고 인문학적 상상력이라는 단어를 이해하게 되었다. 인문학적인 삶이 어떤 삶인지 인문학적 상상력에 근거해 앞으로의 삶을 생각하게 되었다.

문장이 주는 감동과 전율, 깊은 사색 속에 우러나는 삶의 여유, 자신과의 무수한 대화 속에 만들어지는 생각들, 축적되는 지식 속에 나의 세계는 넓어지고 있었다. 문득, 독서가 읽기만으로 끝나는 것이 몹시 아까웠다. 읽기로 채워지지 않는 것들을 내 것으로 만들겠다는 욕심으로 독서 후에 내용 정리를 시작했다. 이어 요약된 내용을 바탕으로 글을 쓰게 되었고, 내 생각이 기록으로 남겨지며 쌓여갔다. 읽기와 더불어 글쓰기가 주는 유용함과 뿌듯함을 알게 되었다.

한 권의 책으로 독서의 효율을 최대로 얻을 방법을 생각하다가 독서 모임에 들어갔다. 독서 토론은 읽은 책을 더 정확히 이해하도록 했고, 발표 자료를 만들면서 사고에도 논리적 체계가 생기게 되는 것을 경험하게 되었다. 토론자들의 다양한 관점은 생각할 거리를 주었고, 그 관점의 차이를 통해 좋은 아이디어가 떠오르기도 했다.

이런 독서의 과정에서 섬광처럼 스치는 생각이 있었다. 환자 진료라는 직업적 특성에 독서를 접목하여보자는 생각이었다. 독서의 '총체성(Totality)'에 이르는 '독서백신'(읽기·글쓰기·말하기 일련의 합)을 구상하게 되었다. 《독서백신》은 독서가 주는 탁월함을 최대한 가져올 수 있도록 만든 지침서이며, 하나의 도구로 개발한 것이다.

독서의 개념과 원리 및 특성을 제대로 알고, 거기에 따른 필자의 긴 시간 시행착오를 거친 방법으로 만들어진 것이다. 더불어 독서가 주는 유익함을 약으로 비유해 '독서가 약이다'라는 사고의 전제를 갖게 되었다. 독서는 우리 삶에 줄 수 있는 가치 있는 약효들을 많이 가지고 있었다. 독서의 약효를 뚜렷하게 명시화하고자 효능을 분류하여 제시하게 되었다. 더불어 조금 더 큰 꿈을 꾸게 된다. 힘들고 아픈 이들에게 맞춤형 책을 처방하는 보건진료소장이 되고 싶었다.

뜨거운 여름 햇볕에 몸을 비트는 풀 잔디처럼 몸부림치며 독서가 주는 탁월함을 얻어낼 수 있는 '독서백신'을 만들었다. '독서백신'을 처방받은 모든 이들에게 독서항체가 만들어질 것을 기대하며 이 책을 쓴다. 제1부에서는 '독서 이전과 이후의 삶'이 어떻게 다른지를 다룬다. 제2부에서 '독서는 나에게 말했다', 제3부 '독서는 약이다'라는 제목으로 독서의 여덟 가지 약효를 설명하고, 제4부에서는 '독서백신 4단계 처방'을 다루고자 한다.

'독서의 본질은 인간 본질 추구에 있다.'라는 생각을 바탕으로 '독서는 인생의 약이다.'라고 비유하였다. 독자에게 쉽고 설득력 있게 다가갈 것이라 생각한다. 또한 독서의 개념과 원리를 바탕으로 만들어진 '독서백신'을 가지고, '독서항체'를 만들어 독서가 주는 '총체성 (Totality)'을 최대한 얻어낼 수 있기를 바란다. 독서의 탁월함은 내 안에 나를 세워 나답게 살게 할 것이다.

# 차례

1/부

독서 이전과
이후의
삶은 달랐다

책 속에 숨어 있는 보석을 발견하여 자신의 것으로 만드는 것이 독서이다. 책은 희망으로 가는 문을 활짝 열어준다. 한 권 두 권을 읽을 때마다 희망이란 녀석은 그만큼 커져가고, 절망이란 놈은 서서히 사라진다.

《밤의 도서관》에서 알베르토 망구엘은 독서는 "언젠가 나를 약속된 목적지로 인도해줄 거라는 확신에 변함이 없이 또한 책은 나의 길을 보여주었고, 어떻게 나아가야 할 것인지 무엇을 향해 가야 할지를 뚜렷하게 보여준 안내서이다. 이제까지 살아오면서 만났던 것 중에 제일은 책과의 만남이다. 책은 많은 것을 나에게 보여 주고 행하게 했다. 아직도 책은 내게 보여 주지 못한 것이 많다고 한다. 빠른 걸음으로 다가가 알고 싶고, 느끼고 싶고, 변화하고 싶다. 책 속에 한 줄, 한 문장이 내 심장에 날아와 꽃씨가 되어 싹을 틔울 것만 같다. 이 꽃은 언제나 나를 약속된 목적지로 인도해 줄 거라는 확신에는 변함이 없다"라고 말한다.

독서는 위대한 행동의 출발점이었다. 독서 이전과 이후, 다른 삶을 보여 주었다. 어떻게 살아가야 할 것인지, 무엇을 향해 가야 할지, 구체적인 삶의 지도를 그려주었다. 존재 이유를 찾아 삶의 이유를 알게 했다. 세상에 태어나서 내가 받은 가장 큰 축복은 진정한 독서 와의 만남이었다고 말할 수 있다.

# 풀 먹는 호랑이로 살았다

태어날 때 호랑이였다. 그렇지만, 양띠 해(年)에 태어나 순한 양 (羊)이라고 했다. 아이의 부모는 아이가 까탈스럽지 않아 걱정하지 않았고, 그럭저럭 어린양은 무탈하게 자라났다. 양으로 사는 데 크게 불편함도 느끼지 못했다. 누구도 호랑이라고 말해주지 않았다. 양이 니까 풀을 뜯어 먹어야 했고, 울 때도 '매에 – 매에'라고 울어야 했을 것이다. 울음소리도 딱히 기억나지 않는다. 풀 아닌 고기를 먹어야 한다고, 웃거나 울 때는 '매에 – 매에'가 아니라, '어–흥' 하고 울어야 한다고 말해주지 않았다. 양인 듯, 염소인 듯, 개의치 않고 풀을 뜯어 먹고 살았다.

양은 점점 커갈수록 피 묻은 고깃덩이에 입맛이 당기는 것을 느 끼게 되었다. 자신도 모르게 지나가던 쥐를 물어뜯는다. 날카로운 발 톱을 드러내 목을 짓누르고, 숨겨놓은 이빨로 쥐의 몸통을 물어뜯고 있는 모습은 호랑이였다. 자신도 깜짝 놀란다. '양은 풀을 먹고 살아야 하는데…… 왜?' 풀 먹던 호랑이는 자신의 정체성을 의심하기 시작했다. 나는 누구인가? 풀 먹는 양인가? 아니면 풀 먹고 사는 호랑이인가?

울타리 안에 갇혀 세상 밖을 몰랐다. 어제가 오늘이고, 오늘이 내일이 되는 삶이었다. 그런데 양이 아니라 호랑이라고 한다. 혼란스러움과 답답함에 소리를 지른다. '어-흥'이라고 포효하고 있었다. 확실히 호랑이였다. 도대체 무엇이 호랑이를 양으로 살게 했을까? 자신이 누군지 모르는데 어찌 호랑이 삶을 꿈꿀 수 있었겠는가? 그 누구도 말해주지 않았던 걸까? 말해 주었는데 알아차리지 못했던 걸까?

인격체로써 자신을 대해본 적이 있었던가? 그렇지 않았다. 스스로를 고귀한 인격체로 대한 적이 없었다. 다른 사람에게도 마찬가지였을 것이다. 자아에 대한 깊은 성찰은 의문 속에서 시작되었다. 점점 나이가 들면서 삶이 허무하고 외로워지는 것은 무엇 때문일까? 빈껍데기 같은 공허함은 어디서 오는 것일까? 나는 여기 있는데, 내가 없는 허수아비같이 채워지지 않는 마음이다. 큰 오류 그대로에 빠져 허우적댄다. 무언가 잘못되었다는 느낌이 들었다. '내가 아닌 나'로 살아가고 있다는 생각이 들었다.

외로움과 빈껍데기 마음의 원인을 찾기로 한다. 자신이 누구인지, 자기의 뿌리가 어디인지 모르고 살아가는 이가 어찌 차오르는 충만감이나 행복감을 느낄 수 있겠는가? 뿌리 없는 나무는 흔들리고 쓰러질 수밖에 없다. 그래서 그렇게 외롭고 고독할 수밖에 없었으리라. 고독은 내가 누구인지 모르고 사는 데서 오는 슬픔이었다.

# 자본주의 이데올로기의 노예였다

《세스 고딘 생존을 이야기하다》에서 그는 말한다. '우리가 노예처럼 행동하는 이유는 유전적으로 그렇게 하도록 기록되어 있기에 사회적으로 그렇게 하도록 유도되고, 먹고살기 위한 생계 수단으로 직장에 다녀야 한다'라고.

인간의 유전자는 급격한 외부 변화로부터 도피할 수 있는 안전한 은신처가 필요했다. 기업은 안전을 제공함으로써 사람들을 직장에서 일하도록 유도한다. 유전자의 목표는 숙주인 우리가 자식을 낳고, 성공적으로 성장하기 전에 죽임을 당하는 것을 피하도록 하여, 자신의 생존 기간을 늘리는 것이다. 강력한 보스가 있는 큰 기업에 다니는 것은 유전자의 희망이 실현되는 일이며, 많은 사람은 이를 매우 이상적인 시나리오로 생각한다.

프란츠 카프카의 《변신》을 통해서 한 집안의 가장이었던 그레고르가 벌레(경제적 가치가 없는 사람)로 변하면서 어떤 문제들이 생겼는지 볼 수 있었다. 그는 가족을 책임지던 가장에서 부양받는 가족을 넘어서 경제적 활동을 방해하는 존재가 되어 있었다. 자본주의 사회에서 노동력을 상실한 사람은 아무런 가치가 없다. 인간의 가치를 경제적 가치로 판단하였고, 경제적 가치가 가족의 사랑까지 앗아가는 사회를 제대로 보여 주고 있었다. 산업화가 되어가면서 사람들은 본인의 의사와 상관없이 어떤 역할이 주어지더라도 결국 매커니즘을 내재화해서 그 역할을 자기 자신으로 규정시켜 버렸다. 자본주의는 인간이 물질을 위해 존재하게 하였고, 인간을 소외시켰다. 실존의 존재임을 진실로 깨닫지 못하고 살아가게 했다. 자신은 없고, 단지 가족의 생계 책임자로의 삶을 살게 했다. 그레고르는 누구를 위한 삶을 살아가고 있던 것인가? 삶의 주인은 자신이 아니었다.

《자본주의는 왜 무너졌는가》에서 나카타니 이와오는 말한다. 자본주의가 인류에게 가장 풍요로운 시대를 선물한 것은 사실이다. 그러나 자본주의는 풍요의 대가로 너무도 많은 것을 빼앗아 갔다. 우리가 조직 속 하나의 부품 같은 제한된 역할만을 수행하게 했다. 또한 생산자와 소비자의 역할을 엄격히 구분지어 분리했다. 축제 흥을 돋우는 존재는 전문가를 앞세운 자본이 되고, 그 축제의 실제 주인공이어야 하는 사람들은 수동적인 소비자로 자리에 앉게 되었다. 그리고 말과 대화를 빼앗아갔다. TV 속의 사람들이 웃으면, TV 밖의 사람들도 웃고, TV 속의 사람들이 진지해지면, TV 밖의 가족들도 진지해진다. 가족의 시간에 가장 떠들썩한 주체가 TV를 앞세운 자본이고, 그 자리에 실제 주인공이어야 하는 가족 구성원은 수동적인 소비자로 흩어진다.

한 가지 더 사유와 지식을 빼앗아갔다. 인문학이 우리 모두의 것이고, 또한 질문하고 사유하고, 자기의 세계를 창조하는 기쁨을 누려야 하는 주체는 나 자신이어야 하는데, 실제로 우리는 생산자의 역할로부터 철저히 배제되어 있다. 자본주의가 나의 생산자의 지위를 박탈한다는 것이다. 자본주의는 특정 분야의 노동자라는 제한된 역할에 만족하고, 입을 다물고 소비자의 역할을 충실히 하라고 한다. 우리는 결국 자유를 결박당한 채, 제대로 된 관계를 맺지 못하고, 생각할 줄도 판단할 줄도 모르고 소비해야 하는 존재가 되었다.

어렴풋이 떠오른다. 1970년대 국민학교(지금의 초등학교) 때인 것 같다. 반공 의식을 높이기 위해 학교 수업 시작 30분 전이면 어김없이 '공산당을 때려잡자'라는 글짓기를 해야 했다. 글을 잘 쓰면 상을 탈 목적으로 열심히 썼던 기억이 난다. 이승복 어린이는 "나는 공산당이 싫어요"라는 말 때문에 죽어야 했다. 얼마나 분노했던지 지금도 기억이 난다.

어린 시절의 모습을 생각하니 깊은 한숨이 절로 난다. 한 사람,

한 사회, 한 국가를 지배했던 집단이데올로기의 무서움에 소름이 돋는다. 조직의 구성 요소를 만들기 위해 학교와 가정과 사회가 나서서 열심이었다. 그 속에서 길러진 우리는 준법성이 뛰어났고, 전통적인 통념들이 진리인 양 자본주의 이념들이 세포 끝까지 물들었어도 알아차리지 못했다. 신자유주의 자본주의 사상은 황금만능주의로 이윤 추구에 매몰되게 해, 개인과 사회를, 개인과 개인을 분리하며 의기양양하게 성장해왔다.

자녀들을 소유물로 생각하고 있다고 생각하지 못했다. 삐뚤어진 욕망이 아이들을 수레바퀴에 깔리게 할 수 있다는 생각은 전혀 못 했다. 아이들이 불평이라도 할 때면 '사랑'이라고 말했다. 아이들에게 무자비한 정신노동을 요구했고, 경쟁의 서열에서 밀리면 안 된다고 무언의 압박을 했다. 가늘고 여린 영혼에 독버섯 종균을 심어주곤 건강하게 자라라며, 그 정성과 시간을 담아 노력해온 것이다. 무서운 것은 자본주의 원리인 '투자의 목적은 이윤에 있다'라는 절대불변의 원칙들이 내 삶의 기본 바탕이 되어 있었다는 것이다.

돈이란 것은 단지 인간다운 삶을 위한 하나의 수단일 뿐이거늘 돈이 사회적 성공의 유일한 평가 기준이 되어버렸다. 어떤 행위이든 상관없이 그 결과에 대한 돈의 크기가 곧 사회가 인정하는 수준이었다. 때론 돈은 자식과 부모를 분리하고, 유괴범은 아이보다 돈이 더 탐나 유괴하고, 자연의 모든 것들이 돈벌이 수단으로 전락했다. 개인

과 사회가 분리되고, 개인과 개인은 물론, 자기의 내면과 외면까지
분리되었다.


## 괴물

보이지 않고 잡히지 않는 괴물이다

의식의 눈으로 보려 하지 않으면 볼 수 없는

나 하나만 잡아먹는 것으로 그치지 않고

언제까지나 먹거리로 쓰기 위해

독을 지속으로 주입하고 있었다

자본주의라는 푯말 아래

추악한 것들을 줄래줄래 달고

파괴를 모르고 질주하고 있다

　　　　　－《나는 이렇게 될 것이다》, 구본형 중에서

# 인에이블러(Enabler)였다

《나는 내가 좋은 엄마인 줄 알았다(The Enabler, 월북)》 앤절린 밀러
는 "세상의 누구보다도 기쁨이 넘치는 가정을 꿈꾸었다. 유능한 남
편, 최고의 아이들에 둘러싸여 행복한 나날들을 보낼 것이라 자신한
다. 나의 인생을 남편과 아이들에게 건다. 늘 웃고 친절하고 관대하
며 문제가 생기면 척척 해결하며 집안일을 도맡아 한다. 그러나 그러
한 노력은 모든 것을 망치고 말았다. 부모라면서 아이의 실수를 용납
하지 않고, 독립적이지 않고, 의존적인 아이로 키우며, 불완전한 상
대의 빈곤을 채운다는 명목으로 결국 자립하지 못하는 사람으로 만
들었다"라는 그녀의 고백은 곧 나의 고백이었다.

의심 없이 좋은 엄마라고 생각했다. 자부심마저 느끼고 있었던
것 같다. '투자한 만큼 이윤이 남는다'라는 세뇌된 의식들은 생각이
란 것을 허용하지 않았다. 새벽 6시부터 저녁 11시까지 빡빡한 스
케줄, 생각만 해도 아찔한 기억이다. 잘 따라주던 딸아이의 사춘기

가 시작되던 초등학교 4학년 때였다. 엄마의 등쌀에 힘들어하던 어느 날, "엄마의 통제가 강하면 강할수록 나는 아무 말도 할 수가 없어요"라고 말하며 흐느꼈다. 또한 엄마 말에 상처받은 초등학교 2학년인 아들은 "엄마, 찌그러진 깡통을 다시 펼 수 있을까요?"라는 질문을 했다. "맘만 먹으면 펼 수 있지, 약간 흔적이 남겠지만……", "그것이 마음인데도 가능할까요?"라는 엄청난 말이었다. 이제껏 쌓아온 나의 시간과 노력이 와르르 무너져내렸다. 내가 잡고 살아가야 할 것들이 사라져버린 느낌이었다. 나는 말하고 싶었다. '내가 너희들 때문에 얼마나 힘들었는데, 정말 최선을 다했는데……'라고.

인에이블러는 다른 사람에게 책임을 떠맡는 방식으로 관계를 맺는 사람을 말한다. 헌신의 탈을 쓰고 아이들에게 가스라이팅(자신의 이익을 위해 상대를 착취) 하는 엄마가 바로 나였다. 어린아이들은 가스라이팅을 당하는지조차 모르기에 더 위험하다. 내면 깊숙한 곳에 버려질 것에 대한 두려움과 불안감에 부모에게 순종하기 때문이다. 악의적인 마음은 결코 없었다. 사랑하기 때문이라고 나의 희생을 헌신적이라 착각하며 사람들로부터 부러움을 사기도 했다.

엄마인 내가 사랑하는 자녀들을 망치고 있었던 거다. 과도한 돌봄이 높은 의존성, 낮은 자존감과 무책임함으로 의욕이 없는 사람으로 만들고 있었다. 지금 생각하면 아찔할 뿐이다. 아이들에게 부모의

31

대리만족을 충족시키는 아바타가 되라고 강요하며 반항아, 문제아로 키울 뻔했으나 기적 같은 깨달음이 있었기에 사랑한다면서 망치는 사람은 되지 않을 수 있었다.


### 나는 내가 좋은 엄마인 줄 알았다(앤절린 밀러)

억제하지 못할 때면
나는
네 신발을 집어주고
네 배낭을 져 나르고
(……)
네 숙제를 해 주고
네 앞길에서 돌멩이를 치우고
"내가 직접 했어!"라고
말하는 기쁨을 너에게서 뺏었지
문제는 나에게 있었다

# 행복 찾기에 나서다

'목적 없는 싸움에 위대한 전사가 되어 열심히 싸우고 있었다.'

사무엘 베게트의 《고도를 기다리며》의 한 장면이다. 나무 한 그루 뿐인 무대 위에서 두 남자가 '고도'를 기다린다. 블라디미르와 에스트라공이다. 그들은 고도가 누구인지 남자인지 여자인지 혹은 그 무엇인지 정확히 알지 못한 채, 무려 50년 동안을 기다리고 있다. 우리는 인생의 목적이 무엇이라고 정확하게 이야기할 수 있을까? 무엇을 추구하며 살고 있다고 명쾌하게 설명할 수 있을까? 매일매일 열심히 달리면서도 추구하는 것이 무엇인지도 모르고, 그냥 달리고만 있는 것은 아닐까 의문이 든다. 사무엘 베게트는 나약하기 그지없고 존재하고 있는지조차 모르면서 살아가는 보편적인 인간의 삶을 직면할 수 있도록 하고 있다.

나에게 있어서 '고도'는 무엇인가? 나는 오늘도 무엇을 기다리며, 무엇을 하고 있는가?라는 질문을 한다. 고도를 기다리며 매일같이 열심히 운동화 끈을 묶었다. 끈이 풀리면 다시 묶었고, 아침이면 끈을 묶어야 했다. 고도를 포기하지 않으며 살아가는데, 정작 나에게 고도란 무엇이란 말인가?

이십 대 이후의 세월은 '행복 찾기'의 시간이었다. 스펙 쌓기가 행복 쌓기인 줄 알았다. 대학원을 비롯한 미국 간호사 면허증, 운동처방사, 사회복지사, 보건 교육사 등 자격증만 열 개 넘게 땄다. 이런 것들이 행복의 부피라 생각했던 것 같다. 학부모가 되어서는 아이들에게 올인 했으나 아이들과 갈등 속에서 혼란스러워하며 신앙에 깊이 빠져들기도 했다. 무조건 구하면 은총을 얻을 줄 알았으나, 신은 은총을 내리지 않았다. 힘겹게 사십이 넘어 시작법(詩作法)을 공부하면서 시를 쓰고, 시인으로 등단도 했지만, 행복은 거기에도 있지 않았다.

'행복이란 손으로 잡을 수 있는 것일까? 정말 찾는다고 찾아지는 것일까? 열심히 찾았지만 찾는 것마다 행복은 일시적이고 오래가지 못했다. 하루 행복하고 하루 불행한 삶을 어찌 행복이라고 할 수 있는가? 행복은 어디서부터 오는 것일까?' 풀리지 않는 숙제처럼 안고 왔다. '인간의 물질적인 욕망은 지속적인 충족이 어렵기 때문에 외적으로 누릴 수 있는 행복에는 한계가 있다. 그렇다면 내적으로 느낄 수 있는 만족만이 영원하고 지속가능한 것인가, 행복은 자신이 생각하고 인지하고 통제로 만들어지는 것인가?'라는 고민은 계속되었다.

인류의 역사를 살펴보면 행복은 역시나 중요한 화두였던 듯하다. 인류는 행복한 삶에 대한 여러 가지 접근을 시도해 왔다. 처음에는 빈곤에서 벗어나 물질적인 풍요만 있으면 행복해질 수 있을 것으로 생각했다. 그러나 물질의 충족에 모든 행복이 있지 않았다. 그래서 인간의 본능과 유전자에 따라 행복이 결정되는 것으로 생각했지만 본능은 더욱 혼란을 가중시키기도 하며, 때로는 폭력과 살인까지 포함하는 것이었다. 그렇다면 사회화 과정으로 규범과 질서를 만들어 잘 지킨다면 행복이 올까 생각했지만, 질서는 오히려 개인을 구속하여 자유로움을 해치는 결과를 가져왔다. 마지막 종교를 해결책으로 삼아보려 했다. 그러나 종교는 분쟁의 씨앗이 되어 갈등으로 인한 전쟁이 끊임없이 이어지게 했다. 역사 속에서 인류는 수많은 접근에도 불구하고 행복에 대한 정답을 갖지 못한 상태다. 그렇다면 삶은 오로지 깨어 있는 의식을 통해서만 높은 가치를 부여할 수 있으며, 인간의 행복은 각자가 추구해야 한다는 결론에 봉착하게 되었다.

살아오며 행복이라 느꼈던 것들을 되돌아본다. 스펙 쌓기는 타인의 기준에 맞추기 위한 나의 발버둥이었고, 자녀의 학교 성적을 기쁨과 행복으로 여겼던 것은 나 자신이 주체가 되지 못하는 삶이었다. 항상 불안과 초조함으로 드러날 뿐이었던 서열 경쟁에서의 순위가 중요했다. 신앙에 몰두한다는 것도 자기의 행동은 없이 오로지 받기만을 바라는 이기적인 마음이었다. 세상 욕심에 눈이 멀어서 주어지는 은총도 알지 못했을 것이다. 누구나 행복하게 살고 싶어 한다. 그런데 어떤 것이 행복인지 잘 알지 못한다. 세상이 정해놓은 기준에 맞추다 보니 늘 부족하기만 하다. 내가 원하는 것이 무엇인지 정확하게 알지 못했고, 무엇을 얼마만큼 가졌는지, 어떻게 보내야 행복한지 방향키가 어디를 향해야 하는지 알지 못했다.

법정 스님의 〈행복〉이란 시이다. "밖에서 오는 행복도 있겠지만 자기 마음 안에서 향기처럼, 꽃향기처럼 피어나는 것이 진정한 행복입니다. 그것은 많고 큰 데서 오는 것이 아니고, 지극히 사소하고 아주 조그마한 데서 찾아옵니다. 조그마한 것으로부터 잔잔한 기쁨이나 고마움을 느낄 때, 그것이 바로 행복입니다. 행복의 기준을 어디에 두느냐에 따라 행복할 수 있고, 불행할 수 있음을 알게 합니다. 행복한 것이 행복한 것이 아니라 불행하지 않은 것이 행복한 것이라는 것, 손에 잡히는 커다란 부피가 아니라 보이지 않아도 은은히 여운을 남기는 것, 일시적인 것이 아니라 나와 함께 하는 것, 세상 기준에 있는 것이 아니라 내 마음에 있는 것이 행복입니다." 행복은 대상에 의해 좌우되는 것이 아니다. 어떻게 인식하느냐에 따라 달려 있다. 의식의 변화에 따른 인지 조절에서 약간의 답을 찾을 수 있을 것 같았다.

멀리 돌아 마지막 길에 독서가 있었다. 독서는 나를 차분하게 안정시켰다. 끊임없이 타인의 기준에 맞춰 살아가던 삶의 방식을 바꾸게 했다. 가장 인간다운 삶이란 가장 '나'다운 삶이며, 따라서 주체적인 삶을 살아야 한다는 것을 깨닫게 했다. 나를 억압하고 가두고 있던 사회의 이데올로기나 통념들로부터 조금은 자유로워지고 있었다. 내 안에 내가 없었기에 흔들릴 수밖에 없었다는 것을 깨달았고, 자아를 찾고 정체성을 확인하였으며, 내가 살아야 하는 존재 이유와 삶의 이유도 발견하게 되었다. 어제보다 오늘이 평안한 내적인 성장을 꿈꾸게 되는 시간이었다. 가진 것은 똑같은데 훨씬 풍요로워지는 느낌이었다. 또한 이 느낌은 하루에 그치지 않고 계속되었으며 더욱더 커가고 있었다. 행복은 여기에 있었다. 타인의 가치에 나를 맞추지 않고, 책을 통해 스스로 삶의 가치관을 구축하여 바르게 설 때, 행복이 시작될 수 있다는 것을……

# 독서백신과 만나다

'책 읽기 전후가 똑같다면, 무엇 때문에 책을 읽겠는가?'

시인 윌리엄 워즈워스의 시(詩) 〈무지개〉에 나오는 '어린이'는 어른의 아버지라는 표현의 의미를 아버지가 되고서야 비로소 이해할 수 있었다고 한다. 아버지가 되기 전 세상과 된 후의 세상은 전혀 달랐다. 아버지가 되면서 좀 더 멀리 보게 되었고, 가까운 미래뿐 아니라 아이가 살아갈 더 먼 미래도 더 좋은 세상이 되기를 바라게 되었다. 그러기 위해서는 지금 어떻게 해야 하는지도 고민하게 되었다. 윌리엄 워즈워스처럼 나 또한 독서백신을 맞기 전의 나와 독서백신 투여 후, 독서항체가 생긴 이후의 삶은 너무도 달랐다. 독서를 통해 신랄하게 나의 모습을 볼 수 있었고, 성찰과 반성으로 나를 발견했으며, 앞으로 내가 가야 할 길을 정할 수 있었다. 또한 '나'를 넘어 '너'와 함께 '우리'가 되어 살아가야 함을 깨닫게 되었다.

보건진료소에서 근무하며 나의 정체성을 드러낼 수 있는 시(詩)를 쓰고 싶었다. 매일 만나는 주민들의 삶 속 애환들, 소소한 이야기를 시로 써서 〈사랑방진료소〉라는 제목으로 동인지에 여러 편의 시를 발표한 적이 있었다. 어느 날, 보건진료소로 전화 한 통이 걸려 왔다. 많은 사람이 책 읽기를 바라는 퇴직 교수님이라고 하셨다. 〈사랑방진료소〉 시를 보면서 이 시대를 살아가는 가장 인간다운 모습이라고 말씀하신다. 세상 변화의 주역은 사는 곳에서 한 사람, 한 사람이 작은 실천을 통해, 작은 것들이 모여 진정한 변화를 가져올 수 있다고 하셨다. 주위 상황이 여의치가 않아 전화를 끊었다. 그렇게 일주일이 지나서 메시지 하나가 카톡에 떴다.

"혹시 인문학적 상상력을 알고 계십니까?"

한 번도 생각해 보지 못했던 단어여서 전혀 알 수가 없었다.

'인문학이면 인문학이지, 인문학적 상상력은 뭐지?'

"잘 모르겠습니다. 제가 인문학적 상상력에 관한 책을 찾아보겠습니다."

'그렇게 중요한 것인가?'

단 한마디로 던져진 단어의 정체가 알고 싶었다.

그리고 답장이 왔다.

"인문학적 상상은 이 세상이 좀 더 아름답다고 믿고, 이를 상상하는 힘으로 더 아름다운 세상을 위해서 서로 다름을 극복하고, 우리 같이 화합하기 위해 내미는 손길입니다. 인문학적 상상과 생활은 그 자체가 밥이 되지 않지만, 밥을 맛있게 해준답니다. 소장님이 쓰시는 시(詩)가 그 정점에 있지요."

"시인의 재능은 길가의 풀 한 포기를 보고서도 감동할 줄 아는 마음에서 나옵니다. 그러한 재능은 추구의 대상이 아니라 발견의 대상입니다. 시인의 마음으로 치유에 임하다 보면, 인문학적 상상력이 저절로 길러질 것입니다"라고.

인문학의 필요성을 이해할 수 있었으나 '인문학적 상상력'이란 말은 쉽게 손에 잡히지 않았다. 관심을 가지고 탐구해 보기로 했다. 일주일이 지나고 나서 노교수님께서 책 두 권을 보내왔다. 칠곡할매들이 쓴 시집이었다. 《시가 뭐고?》, 《콩이나 쪼매 심고 놀지머》 두 권과 짤막한 한 문장의 글이 있었다.

"한글을 읽히지 못해 까막눈으로 살아오신 할머니들께서 글을 배우시고 처음으로 쓴 시들입니다. 생활 속 경험을 몸으로 겪고 나온 시는 할머니들의 몸에서 육화되어서 나온 것입니다. 말의 질감이 다소 거칠지만, 실체가 있고, 진정 살아있는 시입니다."

"소장님께서도 칠곡 할머니들과 같이 주어진 여건 속에서 지역민들의 이야기를 육화된 언어로 그들의 언어로 쓰는 시(詩)는 참으로 가치 있답니다. 자신의 생활이 시가 될 수 있다는 것은 참으로 큰 축복입니다. 나 하나의 작은 실천이 세상을 바꾸는 가장 큰 힘임을 기억하며 열심히 살아가시길 바랍니다."

도끼에 맞은 내 영혼은 놀라고 있었다. 내가 하고 있던 일이 이런 의미를 지닐 수 있었단 말인가? 제대로 인식하지 못하고 쓴 글이고, 단지 지역주민의 애환을 시로 쓰며 마음으로 나눈 것뿐인데······.

'세상에 보이지 않지만 이런 아름다운 것들도 있구나!' 마음이 넓어지고 환해지고 있었다. 보이지 않지만 보이지 않는 것들을 보는 눈을 가지고 살아 있는 글로 써야겠다는 다짐을 했다. 그리고 이런 생각을 주신 분을 생각하며, 시 한 편을 썼다.


어떤 만남


나는 깽깽이풀이다
도깨비엉겅퀴, 송장풀, 개불알풀보다
이름 부르기가 조금 쉬운 것 말고
작은 꽃도 피울 수 없는 풀이다

길 가던 바람이 스치듯 건넨 말
'너도 꽃을 피울 수 있단다'
'깽깽이 꽃이 얼마나 예쁜데······

깽깽이도

영혼이 깃든
보랏빛 꽃을 피울 수 있음을 알았다


나를 뒤흔들고 간 것은 바람이었다. 내게 희망을 주었고, 내 가슴에 이름표를 달아주었으며, 내 이름의 의미를 알게 했다.

바로 그때, 나는 인생 최고의 행복이 되어줄 '독서백신'을 맞은 것이다. 보내주신 시집에는 칠곡할매들의 거친 삶이 녹아들어 있었다. 투박하고 소박한 할매들의 삶 속에는 끈끈한 삶의 애착이 있었고, 인간다운 삶에 연민을 느끼게 하였다. 인간답다는 느낌이 무엇인지 알수 있을 것 같았다. 더불어 한평생 맺힌 한(恨)을 풀지 못하고, 살아가시는 친정엄마의 모습이 떠올랐다. 숯덩이로 가슴에 맺힌 응어리, 담벼락을 주먹으로 내리쳐 핏빛을 보고서야 숨을 쉴 수 있었다던 친정엄마의 마음은 어떤 것이었을까? 엄마의 인생을 읽어드리고 싶었다. 눈물 흘리며 공감해드리면, 그 마음이 혹여 녹아나지 않을까?

내 주변에 아픈 세월을 살고 계신 분들이 연이어 떠올랐다. 일찍 남편과 사별하고 홀로 세 아들을 키우는 봉춘이 엄마는 얼마나 고달프고 외로웠을까? 겨울 바다로 숭어 잡으러 갔다가 돌아오지 않은 선길이 아버지의 마음은 무엇일까? 자식들 먼저 앞세우고 손자들 키우며 매일 술로 사시는 말순 할매의 혼미한 정신 속에는 어떤 마음이

있을까? 꼬리를 잇는 생각에 잠은 가시고, 깊은 연민의 정과 사랑이
싹트고 있었다.

# 독서는
# 나에게 말했다

책을 읽는다는 것은 단순히 지식을 습득하는 것으로 생각했다. 책을 읽어가면서 예전에 생각하지 못했던 문장들이 가슴으로 다가와 이해되었다. 삶을 이해할 수 있는 눈이 생기는 듯한 흥미로운 시간이었다. 시간이 흐를수록 독서는 상상 이상의 것들을 보여주고 알려주었다. 깜짝 놀라 흥분을 감추지 못했던 기억이 생생하다. 책은 나를 일으켜 세워 걷게 하고 하나의 문턱을 넘어 새로운 세계로 나가도록 했다.

잠에서 깨어 몽롱함이 사라지고 있던 새벽 시간이었다. 독서의 정수리에 정화수같이 명징한 생각이 담겼다. '독서의 본질은 인간 본질 추구에 있다.' 본질에서 변화로 가는 다리를 놓을 수 있는 것은 독서뿐이라고……. 날이 밝아오는 새벽, 풀잎 끝에 맺힌 이슬방울이 톡 톡 내 가슴에 떨어지고 있었다. 새롭게 환생한 깨달음이었다. 책을 읽으면서 많은 깨달음이 있었지만 삶을 풀어낼 수 있을 것 같은 근원적이고 총체적인 깨달음의 기쁨은 처음이었다.
머리부터 발끝까지 돌아와 울림으로 전하는 말이었다.

'독서는 인간 본질을 추구하고 있다.'

깨알 같은 글씨로 독서가 나에게 해준 말들을 빼곡히 써 내려갔다.

# 독서는 인간 본질을
# 추구하고 있었다

　태어날 때 삶의 답을 가지고 태어났다면, 낭비 없고 알뜰한 삶을 살지 않았을까? 오십 년 세월을 보내고서야 '나는 무엇인가?'를 고민하게 되었다. 독서는 질문에 쉽게 답하지 않았다. '인간들은 이렇다'는 것을 제시할 뿐 무엇을 어떻게 활용하면 된다든지 하는 방법과 전략은 알려주지 않았다. 스스로 찾으라 했다. 그러나 독서에서 답을 찾아내기는 결코 쉽지 않았다.

　사르트르는 "인간은 던져진 존재이다"라고 말했다. 인간은 우연히 이 세상에 던져진 존재로 목적 없이 왔으며, 어떻게 살아갈지는 스스로 결정할 자유를 가지고 있다.

　파르메니데스는 "보이는 것이 다는 아니다"라고 말했다. 우리가 눈으로 보는 세상, 현상 세계는 허상에 불과하다. 현상을 넘어서 그 너머와 본질을 생각할 힘을 키워야 한다.

《독서의 역사》에서 알베르트 망구엘은 "우리 모두 자신이 어떤 존재이고, 또 어디쯤 서 있는지를 살피려고, 우리 자신뿐만 아니라 우리를 둘러싸고 있는 세계를 읽는다"라고 말했다.

인간은 세상으로 보내질 때, 목적 없이 보내졌으나 어떻게 살아갈지를 결정할 자유를 가지고 있었다. 그렇다면 '무엇으로 어떻게 살아갈 것인가'에 대한 답을 어디서 찾아야 하는가? 우리 눈에 보이는 세상만이 아니라 현상을 넘어 그 이유와 본질을 발견해야 한다. 그래서 자신이 어떤 존재이고, 또 어디에 서 있는지를 알기 위해 우리는 자신뿐만 아니라 우리를 둘러싸고 있는 세계를 읽어야 한다. 그 세계를 읽어낼 수 있는 것이 바로 '독서'다.

처음 내 영혼을 뒤흔든 두 권의 책이 있었다. 문맹으로 긴 세월을 보낸 뒤 늦게서야 한글을 깨우치고 칠곡할매들이 쓴 《시가 뭐고?》, 《콩이나 쪼매 심고 놀지머》라는 시집이었다. '시가 뭐고?'라고 퉁명스러운 듯 되묻는 할매의 말에 여러 생각의 꽃들이 피어났다.

칠곡할매들의 기억의 갈피 속에는 살아온 세월의 세세한 것들이 삶의 무늬를 이루고 있었다. 하루하루 살아가는 일상들과 기억들이 버무려져서 시가 되었다. 시대의 희생양이 되어 살아왔지만, 고통에 찌들지 않은 감성과 유머가 살아 있었다. 주름지고 검버섯 피어난 얼굴 속에는 예전에 미처 느껴보지 못했던 인간의 아름다움이 있었다. 고된 시절의 몸으로 겪으며, 세월 속에 묻어둔 것들이 육화되어 튕겨져 나온 말들이었다. 다소 질감은 거칠고 투박하지만 정(情)으로 묻어나오는 단어 하나하나가 울림으로 전해져 왔다. 굽이굽이 삶의 애환에 구구절절 사연들을 상상할 수 있었다. '남몰래 흘린 눈물 속에 얼마나 인생의 서러움과 한이 있었을까?' 이미 나는 사라지고, 칠곡 할매가 되어 삶의 시를 쓰고 있었다. 역지사지의 마음으로 귀 기울이고, 마음으로 공감하며, 많이 아파하고 있었다. 할매들의 삶에 연민과 사랑이 아련히 느껴졌다. 힘든 세월을 살아오셨지만, 할매들은 서로 오순도순 살아가는 것이 인생이라 한다. 할매들은 시에서 내 가족과 내 이웃과 내 지역에서 뿌리내려 살라고, 사람은 사람다워야 한다고 말하고 있었다.

할매들의 시집을 통해 인문학이 주는 어떤 맛을 조금 느낄 수 있었다. 부끄러운 것도 아픈 것도 바라는 것도 모두 시가 될 수 있다는 것을 알았다. 할매들의 시 속에는 우리가 마지막으로 기댈 수 있는 뿌리, 즉 삶의 본질이 있다고 생각했다. 할매들의 이야기 속에 우리가 지켜내야 할 인간의 모습이 있었다.


두 번째로 책이 내 영혼를 뒤흔든 것은 정혜신의 《당신이 옳다》를 읽고서였다. 그리 어렵지 않아 쉽게 읽어 내려갔다. 책을 읽어갈수록 점점 자괴감에 빠지면서 고개를 들고 싶지 않았다. 똑같은 시대를 살아가는데 그 누구는 힘들고 아파하는 이들에게 '마음 심폐소생술'로 생명을 구하고 있었다. 삶의 기로에 선 이들에게 말을 앞세우기보다 고통에 깊이 공감하며 '당신이 옳다'며, 그들의 존재 자체에 주목하고, 자기 존재를 빠르게 나타낼 수 있도록 돕고 있었다. 그녀의 치유는 그 사람이 지닌 온전함을 자극하는 것이었고, 그것을 스스로 느낄 수 있게 해주는 것이었다. 스스로의 힘으로 수렁에서 걸어 나올 수 있도록 옆에서 돕는 것이었다. 인간이란 한 존재로서 사랑받고 인정받는 느낌을 전해주고 있었다. 그녀의 삶과 나의 삶을 견주어 보았다. 뒤통수를 세게 얻어맞았다. 자신이 너무도 못나 보였다. 작고 찌질한 내 인생이 싫었다. '나'라는 실체를 제대로 볼 수 있었다.

정혜신의 《당신이 옳다》는 오만했던 콧대를 꺾어놓고 좌절을 맛보게 했지만, 나를 깊이 들여다볼 수 있게 했다. 되돌아보며 후회하게 했다. 또한 나를 찾아 길 떠나게 했고, 정체성을 찾아가게 했다.

《서재의 마법》에서 김승 교수는 말한다.

"본질에 무게 중심을 두는 독서를 추구해야 한다. 인문학 책을 구입하는 사람의 책 활용 목적은 '사고의 깊이 함양, 삶의 방향과 인생의 문제에 대한 실마리 찾기' 등 보다 근본적인 활용 목적이 있을 것이다. 변화 앞에서 본질을 추구하는 방법 중에 가장 중요한 것은 독서이다. 본질을 추구하는 독서란 본질을 추구하는 것을 돕는 독서를 잘 선택하는 것과 함께 본질을 추구하는 방법으로 독서를 하는 것이다."

세 번째 경험은 로버트 그린의 《인간 본성의 법칙》을 읽고서이다.

열여덟 개의 인간 본성의 법칙과 상황적 대처법까지 다룬 섬세한 책이었다. 두껍고 무거운 책이라 느끼지 않고, '나'를 알고 싶어서, '나'를 찾고 싶어서 단숨에 읽을 수 있었다. 하나의 법칙과 한 문장에 나를 대입시켜가며 읽었다. 예전 내 행동과 감정들을 생각하며, 안타까워하고, 개탄스러워 했다. 인간 본성을 미리 알았다면 그렇게 어리석은 행동은 하지 않았을 텐데……. 인간의 본능은 유전자를 통해 전달되고, 가치는 전통을 통해 전달되지만, 의미는 특이하게도 개인적인 발견의 문제라고 한다.

《인간 본성의 법칙》을 읽고 완벽하게 요약정리를 마쳤다. 인간 본성을 숙지한 후로 사람과의 관계에서 상대를 대하는 모습이 달라지고 있었다. 의도적이지만 상대의 마음을 읽으려 했고, 배려를 생각하고, 약간의 여유로움으로 바라보는 습관이 생기게 되었다. 그 밑바닥에서는 내가 나를 꿰뚫어보고 있었다. 사고의 변화는 인식의 변화와 더불어 행동의 변화를 일으키고 있었다. 점점 자신을 더 이해할 수 있게 되자 타인을 더 이해하려는 마음을 갖게 되었다. 무턱대고 감정에 사로잡혀 상대를 비난하고 탓하던 부끄러운 형체들이 점점 사라지고 있었다.

칠곡할매들의 두 권의 시집과 《당신이 옳다》는 나를 자극했다. 인간에 대한 연민을 느끼게 했고, 나를 들여다보게 했다. 《인간 본성의 법칙》은 유전자로 전달된 인간의 본성을 알게 했으며, 추상적인 인간의 본질을 더욱 실질적으로 생각하게 되었다. 책들이 주는 자극은 자극으로 끝나지 않았고, 내 삶과 연결성을 가지고 내 안으로 끌어들이고 있었다. 커다란 역사의 나무에 현대라는 큰 줄기에 붙어 하루하루 연연해하며, 살아가고 있는 자신을 변화시켜야 한다는 열망이 가득 차게 되었다.

그 후로 많은 책을 읽어갔다. 세계 명작 중 성장 소설을 비롯한 니체의 《차라투스트라는 이렇게 말했다》, 철학적 기초를 쌓는 철학서부터 쇼펜하우어의 《세상을 보는 방법》, 인간다운 삶의 무늬를 엮어낸 폴 칼라니티의 《숨결이 바람될 때》, 김훈의 저서들, 진옥섭의 《노름마치》, 생태주의 삶을 대표하는 E. F. 슈마허의 《작은 것은 아름답다》, 도넬라외 《성장의 한계》, 헬레나 노르베지 호지의 《오래된 미래》, 레이첼 카슨의 《침묵의 봄》, 그 외에 유발 하라리의 《21세기를 위한 21가지 제언》, 대니엘 캐너먼의 《생각에 대한 생각》, 찰스 다윈의 《종의 기원》, 미하이 칙센트미하이의 《몰입》, 알렉스 룽구의 《의미 있는 삶을 위하여》를 비롯해 자기 계발을 위한 책들까지 읽으면서 나의 생각이란 것들이 만들어졌다.

깨진 영혼의 아픔 속에서 나를 볼 수 있었다. 아무런 의식 없이 남의 이데올로기에 쉽게 동의해버리고, 결국 자신의 고귀한 특권을 포기해 버린 삶이었다. 온몸에 물들어진 자본주의 의식들을 쉽게 바꿀 수 있을지 의문이었다. 인식의 변화는 인간 본질의 이해로부터 시작되었다. 인간이든 인간이 아니든 하나의 전체를 이루기 위한 정체성을 잃어버린 것은 호흡을 포기하는 것과 같다. 본질을 찾아 뿌리 내리고, 그 뿌리를 근간으로 스스로 살아갈 힘을 만들어야 했다.

사회와 동일시하려는 강박에서 벗어나고 싶었다. 사회로부터의 규범과 질서를 벗어난 정서와 이성을 가지고, 탈규범자 삶을 동경하게 되었다. 이제까지 억압하고 구속하는 집단주의에서 빠져나와 자유로운 내가 되고 싶은 본질적 충동을 느끼고 있었다. 루이제 린저의 《삶의 한가운데》 주인공 '니나'는 내게 말했다. 자신이 도덕적 규범적 일탈을 넘어서면서 살아온 삶은 자신의 본질에 맞는 삶으로 그 삶이 자신에게는 평온한 삶이었고, 자기 삶이었다고…….

책은 그저 묵묵히 내 곁에서 스스로 마음속 깊은 곳을 살펴볼 수 있도록 도와주었다. 머릿속에 꾸역꾸역 넣어진 생각들이 뒤죽박죽 부딪히며 섞이고 있었다. 한동안은 가닥 잡히지 않는 혼돈상태였지만 충분히 뒤흔들어진 생각들은 원심분리기에 혈액을 넣고, 시간이 지나면서 맑은 혈청과 혈구로 분리되듯 점차 정리되고 있었다.

# 독서는 '나'를 찾아
# 통합시켜가는 여정이었다

'내가 진정 하고 싶은 것은 무엇일까?'라는 질문에 무엇으로부터 답을 얻어야 할지 막막했다. 자신을 알기 위해 내면을 파고들어 자기를 발견하고, 제대로 알아가는 것은 힘든 일이다. 독서는 뛰어난 사람의 생각이 자기 내면으로 들어오게 하는 기회를 제공하고, 자신을 만들어가는 최고의 길임이 틀림없다. 책을 읽고 또 읽어가며 하나씩 알게 되었다. 인생을 통해서 추구해야 할 그것은 저 먼 하늘의 별이 아니라 내가 이미 마음속에 지니고 있는 별이었다.

'얼마나 나답게 살았는가?' 세상 사람들의 평판이나 눈치와 시선, 경제적 두려움을 이겨내지 못해 세상이 강요하는 대로 살았다. 나이가 들어가면서 삶에 틈이 생기고 균열이 일어나기 시작한다. 내 삶이 내 것이 아니었다. 나답게 살지 못했기에 발원의 빛을 드러낼 수 없는 것이다.

책을 통한 자기인식은 자기 안의 상태를 알아가는 것으로 자아의 발견이며 성장이 이루어지는 과정이다. 자기 안의 자기를 끊임없이 돌아보며 원하는 모습으로 통합해가야 한다. 모든 활동의 궁극적인 결론은 나를 발견하고, 나를 만나는 일이다.

'찾고자 하는 것을 찾아…….' 무언의 압박이 들려왔다. '무엇을 가지고 나의 별을 찾을 것인가?' '북극성을 향한 나침반은 가지고 있는가?' 아직은 없지만, 북극성을 찾아가는 나침반을 만들기 위해 독서를 한다. 독서는 내면을 향하고 있다. 돋보기를 꺼낸다. 내가 모르는 나를 잘 보기 위해서이다. 독수리의 눈으로 보고, 매의 부리로 먹이를 낚아채 올릴 것이다. 그 열정과 깊은 성찰로 나의 별을 찾고, 불멸의 비밀을 알아낼 것이다.

책장을 넘긴다. 저자의 정신이 어떻게 움직이는지 생각한다. 그 정신이 어떻게 작용하는지 관찰한다. 지금 내가 맞닥뜨린 중요한 문제가 무엇인지 잘 알고 있기에 흡입하듯 읽어간다. 글쓴이 마음의 움직임, 정신의 움직임을 실제로 느끼기 위해 그곳에 내 발을 들여놓고, 글쓴이의 옆에서 그가 말하는 전체적인 정신의 움직임을 듣는다. 작가는 인간 정신을 다양한 각도로 독자가 쉽게 보지 못하게 그려낸다. 촉수들이 예민해지면서 꺼질 것 같지 않은 불꽃같은 열정이 불타오른다. 독서는 내 안의 나의 별을 찾아 운명의 별이 빛날 수 있게 할 것이다.

책에서 발견하는 것은 기술이 아니라 '나 자신'이었다. 자기 삶의 방식을 긍정해주는 저자와의 만남은 용기를 북돋워 주었고, 자기 모습을 되돌아보게 한다. 자신을 알아갈수록 확신의 자신감과 당당함이 생겨났다. 자신이 자기로 사는 방법을 터득하게 된다. 또한 책은 나에게 가야 할 길과 가지 말아야 할 길, 해야 할 것과 하지 말아야 할 것을 분명히 구분하게 해준다.

우화 하나를 소개한다.

정원의 주인은 여러 종류의 꽃과 나무를 정원에 심고, 열심히 물을 주고 정성껏 가꾸었지만, 꽃과 나무들이 시간이 지나도 꽃을 피우지 않았다.

정원 주인은 물었다

"왜 꽃을 피우지 않고 시들어만 가니?"

은행나무는 소나무처럼 기품이 없기 때문이라고, 소나무는 사과나무처럼 맛있는 열매를 맺을 수 없어서, 사과나무는 해바라기처럼 크고 아름다운 꽃을 피울 수 없다고 대답했다.

다시 주인이 물었다

"모두 시들어가는데 들꽃 너는 아름답게 피었구나! 비결이 뭐니?"

"저에게는 작고 소박한 멋이 있답니다. 이런 멋이 사람들에게 앙증맞은 귀여움을 준답니다. 이런 제 모습이 사랑스럽고 좋아요. 작지만 예쁜 꽃을 피울 수 있어서 저는 행복하답니다."

들꽃은 자기 자신으로 사는 기쁨과 행복을 온전히 느끼고 있었다.

자신만의 고유한 별을 찾는다는 것은 자기가 자기로 존재하는 경험을 한다는 것이다. 자신이 삶의 주인이 되어 자기답게 자신의 세상을 구축해 간다는 것이다. 인간이 인간다울 때, 자신이 자기답다고 느낄 때, 자신을 행복하게 할 수 있는 내면의 힘이 생긴다. 독서는 자신의 길을 걸으며 추구하는 방향으로 자신을 통합시켜가는 여정이었다.

# 독서는 연결의 끈으로
# 또 다른 꽃을 피운다

덩굴손이 호시탐탐 연결의 끈을 노리고 있듯이 독서도 나누고 전파하려는 종족 번식의 욕망이 있다. 자신의 세력을 뻗어내어 번창시키기 위해 덩굴손은 강한 악력으로 혀를 내밀고 있다. 덩굴손을 뻗는다는 것은 영역을 넓히는 것이다. 연결의 고리를 만들어내는 것이다. 연결된 것들을 자르고 붙이고, 짜깁기로 꿰매어 자신에게 맞는 옷으로 만들어 입는다. 독서에는 강한 번식의 생명력이 있다.

독서 기술을 배운 적은 없다. 시행착오를 통해 내게 맞는 독서법을 발견하게 된 것이다. 독서 시작점에서는 독서법을 몰랐으나 유난히 독서를 통해 어떤 결과물이든 꼭 얻어야겠다는 욕심이 있었다. 그래서 모르는 것은 찾았고, 노트에 기록하고, 내용을 정리하며 좋은 글은 외우기도 했다. 이런 반복 속에서 새로운 영감과 새로운 아이디어가 떠오르게 되었다. 책은 나에게 연결의 손을 내밀고 있었다. 책은 연결고리가 깊은 강한 매체였다.

독서가 내밀어 주는 손이 있어서 그 손을 잡았을 뿐이었다. 연결고리는 꼬리에 꼬리를 물고 내 삶의 영역에서 진화하고 있었다. 20년 넘게 보건진료소장으로 근무하면서 약을 처방하고 진료를 해왔다. 독서에 내 직업의 특성인 약과 연결의 훅을 걸어본다. 너무도 좋은 궁합이었다. 독서가 가진 유용함을 약의 성분으로 인용해서 '독서는 약이다'라는 생각을 얻게 되었다. 그러면서 독서를 여덟 가지 약으로 처방해보았다. 처음에는 생각할 수 없었던 것들이 꼬리에 꼬리를 물고 약 처방의 기술과 독서가 만나 의미가 더 깊어지고 확대되어 갔다. '독서는 약이다'라는 전제와 '독서는 읽기 글쓰기 독서 토론의 일련의 과정에서 독서의 '총체성'을 극대화한다'라는 구체적인 생각들의 만남에 '코로나19 예방 백신'이 만나서 '독서백신'을 탄생하게 한 것이다. 의학적 백신은 전염병을 미리 예방하기 위해 맞는 것이다. 의학적 백신 프레임을 약간 바꾸어 사회적 백신으로 만든 것이다. 즉 좋은 성분의 백신을 투여하여 삶에 행복을 만들어내는 것이다.

(보건진료소장＋코로나＋약처방)×독서＝독서백신

'독서'라는 하나의 개념이 '약'과 만나 약으로 조제되고, 거기에 '코로나19 백신의 개념'을 도입하여 사회적 백신으로 '독서백신'을 만들어 처방하게 되었다. 독서가 가진 연결의 잠재성은 예측할 수 없는 것들을 만들어낼 수 있었다.

독서는 연결성을 끊임없이 요구하고 있었다. 독서의 연결성이 주는 잠재력을 느끼면서 독서에서 연결성을 놓칠 수 없게 되었다. 독서의 백미는 바로 연결성에서 나오는 것을 확신하게 되었다. 항상 독서를 통해 자신과 연관지어 생각해보는 것이 중요하다. '나라면 어떻게 했을까?', '어떻게 적용할 수 있을까?', '현실에 따라 구체적으로 무엇을 할 수 있을까?'라는 질문으로 연결의 끈을 찾아야 한다.


## 지식의 융합

홍선경


하늘에 별은
다도해에 떠 있는 작은 섬들로 만들어지지 않는다.
서로에게 닿고자 하는 의지가 없고
손 내미는 끈이 없어 별이 될 수 없다.


하나의 별은
다섯 직선의 연결 가능성으로
선과 선이 이어지고
선들의 분열 속에서 면들이 생겨나며

그 면과 면들이 만나
오각 중심에 다섯 삼각형의 덧붙임으로
별이 된다.

선과 선, 면과 면들의
서로에게 닿고자 하는 의지와 열정만이
별을 만들어낼 수 있다.

거기에
진심 어린 맘 하나 더 올리면
다섯 꼭짓점 끝에 모인 푸른빛은
까만 밤을 밝히는 빛이 된다.

어떤 분야를 깊이 알고 있어도 지식 자체만으로는 하나의 점일
뿐이다. 한발 나아가 다른 영역에도 관심을 가지고 점들을 서로 연결
하게 되면 선이 만들어진다. 선들을 연결하게 되면, 면들이 만들어지
고, 면들의 조화로운 만남으로 새로운 그 무엇이 만들어진다. 지식과
학문의 연결 가능성으로 별이 만들어진다. 거기에 우리의 진심 어린
마음이 합해지면 세상을 밝히는 별이 될 수 있음을 확신한다. 독서는
세상 모든 것과 만나서 또 다른 꽃을 피우고 있었다.

# 독서에는 작은 승리의
# 기쁨이 있었다

책을 통해 지식을 흡수하려는 마음으로 읽을 때, 한 가지라도 더 무언가를 알게 되고, 책의 가치를 얻을 수 있다. 깊은 이해를 위해 촉수를 바짝 세우고 읽는다면 보다 큰 것을 얻을 수 있을 것이다. 책을 읽을 때 감탄과 수긍도 있어야 하지만 중요한 것은 쾌락이 있어야 한다는 것이다. 쾌락은 내 마음이 공감을 경험한 후에 밑바닥에서부터 가장 높은 곳까지의 공간 안에서 일어나는 큰 진동이다. 독서의 쾌락은 책의 세계를 천천히 음미하는 가운데 온다. 알면 알수록 마음 깊이 놀라게 된다. 놀라워하고 감탄하는 것이야말로 독서로 들어가는 문이다. 깊은 세계를 접하고 그것을 즐기는 마음이 필요하다. 그런 마음이 전제되지 않으면 그만큼의 시간과 에너지를 낭비하게 된다. 자신이 가진 지적 욕구를 바탕으로 깊은 세계를 접하고 즐기려는 마음가짐이 바로 독서의 시작이며 힘이 된다.

독서에는 보이지 않지만 작고 신기한 마법들이 작용한다. 미세하게 전해오는 마법들을 느껴봄으로써 독서의 맛을 제대로 느낄 수 있다. 이런 마법은 작은 승리의 기쁨이 되어, 독서를 더욱 흥미롭게 하고, 깊은 독서의 세계로 빠져들게 한다.


## 끌어당김의 법칙

독서치료 전문가 조셉 골드는 "놀라운 점은 필요한 책을 찾아내는 방법을 잘 몰라도 사람들이 결국 그것을 찾아낸다는 것이다. 더 중요한 것은 사람들이 자기가 읽고, 읽은 것에서 자기가 필요로 하는 것을 발견한다"는 것이다. 그렇다. 한 권의 책을 읽다보면 '다음 책은 뭘 읽을까?'라는 고민을 하기 마련이다. 그러나 너무도 신기하게 책을 읽다보면, 다음 읽을 책을 찾아내게 된다. 때론 한 권이 아니라 너무 많은 책과의 연결로 고민을 해야 할 때도 있다. 책은 책을 부른다. 한 권을 읽으면 다음에 읽고 싶은 책이 생긴다. 이것이 독서가 부리는 끌어당김의 마법이다.

다음 읽을 책을 고를 때 대부분 책 속에 인용된 다른 작가의 책을 찾는 경우가 많다. 또한 읽고 있는 책과 비슷한 책들, 전혀 다른 견해를 가진 책들, 핵심 주제를 인터넷 검색으로 찾기도 하고, 작가의 매력에 빠져 작가의 모든 책을 읽게 되는 경우도 있다. 이 책이 저 책을 부르고, 한 권의 책이 도화선이 되어, 한 분야에서 여러 분야로 연결되어 책이 책을 잉태하는 독서의 마법이 일어나게 된다. 결코 단 한 번도 다음 책을 선정하지 못한 적이 없었다.


## 점점 더 법칙

많이 읽을수록 독서는 당신에게 더 많은 것을 주려고 한다. 한 권의 책이 두 권의 책을 부르고, 두 권의 책이 열 권의 책을 읽게 한다. 한 권의 책에서 사랑이 주는 메시지와 의미가 강할수록 더 열렬하게 그보다 진한 사랑을 느끼고 싶어한다. 점점 더 강한 매력을 찾아 나서게 된다.

한 권의 책이 계기가 되어 또 다른 책들을 사게 된다. 권수만 늘어가는 게 아니라 책의 그물망이 점점 확대되어간다. 또한 책에 대한 관심도 미묘하게 변화가 일어나며 넓어진다. 당신이 성장하는 만큼 책 선정의 폭이 넓고 다양해지며, 깊이 또한 깊어지게 되어 상호성장의 효과를 가져오게 된다. 또한 독서가 늘어감에 따라 더 의미 있는 삶을 추구하게 되고, 그들의 삶에서 있어 더욱더 중요한 존재가 되게 한다. 독서를 한 만큼 점차 작은 변화들을 하나하나 차곡차곡 쌓아올리면 인생의 저울이 움직이기 시작한다.

## 디드로 효과

18세기 프랑스 철학자 드니 디드로(1713~1784)는 친구로부터 선물을 받은 멋진 실내복 때문에 책상, 의자, 시계 등을 모두 교체했다. 이러한 디드로의 일화를 계기로 새로운 물건을 갖게 된 후, 새 물건과 어울리는 것들을 갖고 싶어 하는 것을 '디드로 효과'라 한다. '디드로 효과' 행동은 단독으로 일어나지 않는다. 하나를 사면 관련된 물건을 계속 사게 되는 현상으로 '디드로 통일성'이라고도 한다. 이는 함께 있는 물건들이 서로 잘 어울려야 정서적 안정감을 느끼기 때문이다.

독서하면서 편히 앉아서 읽을 책상과 의자가 필요했다. 오래 책을 읽어도 편안한 책상과 의자를 구입한다. 그리고 색깔별 형광펜, 크기별 포스트잇, 튼튼한 책꽂이들, 눈높이 독서대, 발 받침대, 작은 오디오, 직·간접 전등 세트, 화이트보드, 가림막천, 등받이까지 독서를 빌미로 독서량보다 독서를 위한 도구들이 더 많이 늘어만 갔다. 좋은 장비를 갖추어 조성된 환경은 독서에 확실한 동기부여가 되었다. 사라져가던 에너지도 다시 돌아오는 느낌을 갖게 했다.


## 갑자기 깊어지고 흠뻑 빠지는 느낌

《책 읽는 사람만이 닿을 수 있는 곳》의 사이토 다카시가 말한다.

"독서를 하다 보면 어느 순간 '갑자기 깊어지는 느낌'이 온다. 딱히 어느 순간이라고 말할 수 없지만, 책을 반복해서 읽거나 새로운 관점으로 접근할 때, 문득 '이게 뭐지?'라는 의아스러움으로 시작하여, 어떤 한 점에서 머무르지 않고, 훌쩍 생각이 깊어지는 순간을 경험하게 된다." 더불어 깊어지면서 '흠뻑 빠지는 느낌'도 경험하게 된다. 미세한 차이이기는 하지만 책 속에 묻혀버렸다는 표현이 맞을 것 같다. 푹 적시어 아무 생각이 들지 않고, 안락한 보금자리에서 떠나고 싶지 않은 행복감이라 할 수 있다. 독서의 몰입에 들어서게 될 때, 느낄 수 있는 것으로 유혹의 손짓을 쉽게 거부할 수 없는 상태이다.

## 독서 현상

책을 읽을 때, 뇌의 작용은 복잡하다. 문자를 따라가며 의미와 내용을 이해하고, 감정을 음미하며 그려진 풍경과 인물의 모습, 목소리 등 여러 가지를 상상하게 된다. 이런 작용들은 사고가 깊어지게 한다. 사고가 더 깊어질 때는 감정이 움직일 때이다. 그러므로 감정을 실어서 읽는 것이 독서의 맛을 제대로 느낄 수 있는 것이다.

《공부 머리 독서법》의 최승필 저자는 말하고 있다. 책의 첫 부분을 읽어 들어갈 때, 약간 딱딱한 느낌을 받을 수 있다. 그것은 책의 생각 주파수가 들어올 때, 자신 생각의 주파수가 따로 놀게 되면, 책 읽는 것이 매끄럽지 않고, 뻑뻑함을 느끼게 되기 때문이다. 좀 더 읽다 보면 적응하게 된다. 문체에 대한 적응과 여러 가지 책에 대한 정보들이 들어오게 되면서 싱크로율(비교되는 대상들이 서로 어긋나지 아니하고 같거나 들어맞는 비율)이 조정되게 된다.

즉 내 생각의 주파수와 책의 주파수가 맞을 때, 싱크로율이 조정되고, 일치가 일어나게 된다. 이 과정을 지나면 경험하는 것이 '독서 현상'으로 책 속에 담긴 생각을 내 머리로 완전히 이입시켜 재생했을 때 생기게 된다. 파편화된 생각에 머물지 않고, 체계화되고 정연해진 언어로 내용과 내용을 연결해가며 사고를 깊이 오래 할 수 있게 된다. 더 이상 독서에 진입의 장벽이 없고 재미를 느끼며, '독서 현상'을 경험하면서 읽게 되면 언어능력의 향상뿐 아니라 엄청난 사고력이 확장된다. '독서 현상'이 수반되지 않는 것은 글자만 읽은 것이다. 글자를 읽는 것과 이러한 '독서 현상'이 수반되는 실질적 독서를 하는 것과의 차이는 이루 말할 수 없다.


## 독서의 황홀경

'독서 현상'보다 더 독서에 몰입하게 되면, 지금의 나를 잃어버리고, 내가 아닌 나로 변신해 있는 것을 알 수 있다. 이성적인 독서는 흥미를 잃어버리기가 쉽다. 책과 온전히 하나가 되는 가슴으로 읽을 때, 책 속에 빠져들어 시간 가는 줄 모르고 생리적인 현상까지 잊게 된다. '온몸으로 책을 읽는다'는 것은 시각, 청각, 후각, 미각, 촉각의 오감뿐만 아니라 뼛속까지 새기며 읽는 것을 말한다. 몸에 기억을 새기는 과정으로 저자의 생각 속으로 깊이 파고 들어가 그 의미를 이해하고 해석하면서 완전히 내 몸속으로 갖고 들어온 책을 내가 삼켜버릴 때, '황홀경'을 느낄 수 있다. 몰입의 황홀경을 경험하게 되면 독서에서 빠져나올 수 없게 된다. 이런 황홀경의 느낌을 알고 독서를 지속할 수 있다는 것은 신의 축복 중에 가장 큰 선물일 것이다. 자신의 한계를 훌쩍 넘어서게 하는 마술이 될 것이다.

## 복잡성 보존의 법칙

'모든 시스템에는 더 줄일 수 없는 일정 수준의 복잡성이 있다.' 테슬러의 '복잡성 보존의 법칙'은 모든 프로그램에는 더 이상 단순화할 수 없는 지점이 있으며, 그 지점을 무시하더라도 그 복잡성이 없어지지 않고 다른 곳으로 옮겨간다는 것을 의미한다.

테슬러의 법칙에 근거해서 독서에 적용해 볼 수 있다. 독서를 통해 생각과 생각이 만나 또 다른 생각을 잉태하고 생각의 자손을 탄생시키는 연결고리를 만들어가는 것이다. 책은 연결고리가 깊고 강한 매체이다. 그러나 어떤 상황에서도 책은 단순화로 끝나지 않는 복잡성을 가지고 다른 곳으로 연결되며 옮겨가고, 연결성은 복잡성으로 이어지게 된다.


## 메칼프의 법칙(Metcalf's Law, 지식의 분열)

메칼프의 법칙(Metcalf's Law)은 네트워크의 가치는 사용자 수의 제곱에 비례한다는 법칙이다. 독서에 있어 메칼프의 법칙(Metcalf's Law)은 글을 많이 읽고, 내가 얼마나 풍부한 지식을 가지고 있는가에 따라 서로 연결하여 활용할 수 있는 지식이 늘어남을 말해준다. 어떤 3개의 지식이 있을 때는 연결되는 선이 3개에 불과하다. 그러나 4개의 지식이 연결되었을 때는 6개의 선이 나온다. 그리고 6개의 지식이 이어지면 15개의 지식으로 연결된다. 내가 백 권의 책을 읽는다면, 백 개의 지식을 갖는 것이지만 백 권의 책을 서로 연결한다면 활용할 수 있는 지식의 숫자는 무려 4,950개의 지식이 된다는 것이다. 조합할 수 있는 지식이 많으면 많을수록 실생활이나 자신의 업무에 있어서 큰 도움을 가져올 수 있다.

중국 극동지방에만 자라는 희귀종 대나무로 4년이 지나도 3cm밖에 자라지 않는 '모소대나무'가 있다. 사람들은 성장이 멈췄다고 생각한다. 아니다. 단단히 뿌리를 내리고 있다. 5년째 되는 날부터 하루에 무려 6주 만에 15m 이상 자라게 되고, 순식간에 빽빽하고 울창

한 숲을 이룬다. 독서도 마찬가지다. 지금 당장은 성장하지 않는 것 같지만 뿌리를 단단히 내리고 있다. 눈앞의 성과에 너무 조급해하지 마라. 모소대나무처럼 폭풍 성장을 하는 그때가 분명히 온다.

처음 책을 읽을 때는 지식 축적의 욕구에 비해 좀처럼 지식이 늘지 않았다. 노트에 하나씩 기록하며 되돌아보는데도 지식의 양은 좀처럼 늘어나는 것 같지 않았다. 점차 지식이 세포 분열하듯 늘어가는 것을 느끼게 되었다. 지식의 습득이 처음에는 더디게 오지만 독서하다 보면 지식 흡수 속도가 빨라진다. 책 한 권을 읽어도 그 배경에 자리한 수많은 책의 정보가 흘러들어오게 된다. 알고 있는 지식이 많아질수록 새로운 지식의 습득은 더욱 빨라지게 된다.


## 의식의 지향성

의식(意識)은 '의식의 지향성'이라 표현한다. 의식은 한 번의 의미 작용으로 끝나는 것이 아니라 연속되는 시간을 배경으로 반복적인 작업을 벌이게 된다. 한 번의 의미 작용이 다른 의미 작용에 영향을 미치고 또다시 연결되는 역사성이 의식 작용의 특징이다. 의식은 다양성과 분화성을 가지고 있다. 분화(分化)는 다른 속성으로 분류되는 다른 가지를 만든다는 것이다.

숲속에서 풍경을 바라보고 있다고 상상해보자. 바람에 나뭇잎이

흔들린다. 흔들리는 나뭇잎들 사이로 햇살이 비치다가 구름이 천천
히 지나가고 있다. 의식이 항상 유동적으로 새로운 감각 입력을 계속
따라가고 있음을 알 수 있다. 새로운 정보가 들어오면 지각적 의식이
계속 바뀌게 된다. 다양한 정보를 쫓아 끊임없이 분화하고 있다. 둘
째 속성인 분화성은 반대의 두 속성이 동시에 일어나는 것이다. 상반
된 속성을 동시에 가질 수 있다는 것이 의식의 놀라운 능력이다. 책
을 통한 깊은 사유의 결과로 하나의 의식이 형성된다. 의식 또한 한
곳에 머물지 않고, 분화하며 재통합을 반복하며 성장해간다.


## 나의 일부가 되었네

여행을 떠나는 한 아이가 있었네!

월트 휘트먼

날마다 여행을 떠나는 한 아이가 있었네
처음 만나는 대상을 지켜보자, 아이는 그 대상이 되었네
그리고 그 대상은 그날, 또 그날의 어떤 시간, 또는 여러 해 또는
여러 해를 거듭해서 순환하는 동안, 아이의 일부가 되었네

일찍 꽃피는 라일락이 이 아이의 일부가 되었고

그리고 풀과 하양색 빨강색 나팔꽃과

하얀색 빨간색 클로버와 피비 새의 노래

그리고 3월에 태어난 양과 암돼지가 낳은 연한 핑크색 돼지 새끼

암말이 낳은 망아지 그리고 송아지

그리고 헛간이나 연못가 늪지에서

시끄럽게 떠들어대는 병아리 떼

늪지에 기묘한 자세로 떠 있는 물고기들과

아름답고 신기한 액체

그리고 우아하게도 윗부분이 평평한 수초들

이 모든 게

이 아이의 일부가 되었네

(하략)


이 글은 내가 독서하면서 어렴풋이 느꼈던 신비로운 경험을 명확히 설명하고 있었다.


## 암묵지

책을 읽다 보면 "맞아 맞아, 나도 이런 생각을 했었는데……"라며 맞장구를 치는 경우가 있다. 저자가 마치 내 생각을 읽고 있다가

명확하게 언어로 표현해 놓은 문장은 체증으로 막힌 가슴이 뻥 뚫리는 느낌이다. 또한 자신이 체험을 통해 어렴풋이 알고 있던 의미가 독서로 분명하게 드러날 때면 '나와 같은 생각을 하는 사람이 또 있었다'는 공감에 연대 의식을 느끼기도 한다. 나라가 다르고 언어가 다르고 문화가 다른데 같은 생각을 하는 사람을 만났다는 놀라움과 더불어 자신이 인정받는 느낌에 뿌듯해진다.

《독서력》에서 사이토 다카스는 '암묵지'라는 표현을 하고 있다.

"암묵지란 자신은 좀처럼 의식할 수 없지만, 무의식이나 몸으로 알고 있는 지식을 의미한다. 언어로 표현할 수는 없어도 어렴풋이 알고 있는 것은 우리 주변에 무수히 많다. 빙산에 비유하면 그런 암묵지가 수면 밑에 잠긴 거대한 부분이고, 그 일부가 명확하게 언어화되어 표면에 나와 있다고 볼 수 있다. 책을 읽으면 이 암묵지의 세계가 분명하게 떠오르게 된다. 말로 표현하기 어려웠던 일이 훌륭한 저자의 표현에 의해 명확하게 언어화된다. 이런 문장을 읽으면 공감하고 밑줄을 긋고 싶다."

'암묵지'는 자기의 경험과 저자의 경험이, 자기의 생각과 저자의 생각이 혼재해 있는 듯하다. 자신이 작가의 세계에서 작가 자신이 되어 있는 것 같은 느낌으로 우쭐해지기도 한다. 자신의 경험을 인정하고 긍정 받는 느낌은 독서열을 뜨겁게 한다. 이런 느낌들이 바로 독서가 주는 진짜 맛일 것이다.

## 퀘렌시아(피난처)와 빈터의 여유

책에는 영혼이 들어 있다. 우리가 책을 읽는다는 것은 작가의 영혼과 자신의 영혼이 만나 새로운 영혼으로 옮겨가는 과정이다. 책을 읽는다는 것은 작가와 자신만의 긴밀한 대화를 나누는 시간이다. 이러한 독서는 정신적인 긴장을 요구한다. 뛰어난 인물들이 만들어 놓은 문장을 음미하는 시간을 통해 아무리 주시해도 보이지 않던 세계를 볼 수 있는 기회를 준다. 그래서 혼자 자신과 마주하는 조용한 시간이 필요하다.

스페인어로 '퀘렌시아(Querencia)'는 '피난처'라는 의미이다. 세상의 위험으로부터 평안히 머무를 수 있는 곳이며, '자신에게 가장 가까워지는 곳'이란 뜻이다. 그렇듯 독서는 내면의 '퀘렌시아'와 만남이 필요하다. 자신만의 장소에서 안식을 얻고, 그곳에서 새로운 기운을 얻을 수 있다. 새로운 사유를 만날 수 있고 사유가 꽃 피어날 수 있다.

사방이 숲으로 둘러싸인 곳에 비어 있는 공간이 '빈터'이다. 내면의 깊은 곳으로부터 자신의 목소리를 들을 수 있는 그런 곳이다. 혼자 사색으로 깊은 내면의 목소리를 들을 수 있는 공간이다. 군이 장소에 구애받지 않고, 혼자 머물면서 생각할 수 있는 곳이면 된다. 독서는 사유를 통한 숙성의 시간이 필요하다. 때론 의도적으로 내 삶의

75

피난처이고, 빈터를 찾아 들어갈 필요가 있다.

내게 피난처이자 빈터는 도서관이었다. 도서관은 숨죽이고 있던 내 영혼들이 모습을 드러내며 활개 치는 곳이다. 한 줄, 한 줄, 빽빽하게 진열된 책들 하나마다 자신의 영혼을 가지고 있다. 그 책들에는 고유의 냄새가 있고, 온기를 가지고 있다. 도서관은 언제나 나를 서부하지 않고 맞이한다. 그곳에 머물 때면 조용하지만 의욕이 샘솟고, 심장의 박동은 빨라진다. 내가 줍고 싶은 황금들을 주울 수 있는 것이다.

독서하다가 졸리면 도서관 밖으로 나간다. 높은 지역에 도서관이 위치해서 가까이에 산 등산로가 있고, 그 옆에 정자가 하나 있다. 정자 마루 귀퉁이에 앉아 시내를 지긋이 바라본다. 조금 전 읽었던 문장을 떠올려 음미하고 되새김질하며 상상의 날개를 펴보는 공간이다. 여유로운 휴식이 있고, 위로가 있고, 가치를 발견하고, 꿈을 만들게 하는 곳이다. 도서관은 믿음의 빛들이 내 가슴을 가득 채우고, 어둠을 말끔히 걷히게 하는 곳이다.


## 커피와 독서의 궁합

《독서인간》에서 차이자위안은 말한다. 책과 따뜻한 커피는 떼어놓을 수 없는 환상의 궁합으로 독서를 즐겁게 한다. 커피와 책은 모든 내면적인 성질을 갖고 있어, 커피를 음미할 줄 아는 사람은 마찬가지로 책을 음미할 줄도 안다. 따뜻한 커피를 마시며 커피 냄새와 잉크 냄새에 푹 젖어 들면 작가의 내면 깊숙한 곳의 목소리를 들을 수 있다. 그리하여 자연과의 교감, 영혼의 조응을 더 쉽게 체험할 수 있고, 생각의 실마리도 더 쉽게 저 멀리 아득한 곳까지 이끌어갈 수 있다. 커피와 책은 언제까지나 미묘한 관계를 유지하면서 영원히 헤어지지 않을 것 같다.

커피라는 말은 본래 그리스어 'Kaweh'에서 비롯되었고 '힘과 열정'이란 뜻을 지녔다. 사람들은 커피라는 글자에 농축된 풍부한 문화적 의미 때문일까, 커피가 기호식품일 뿐 아니라 일종의 이상적인 생활방식을 추구하는 도구이기도 한다. 책 향기와 커피 향기는 그림자처럼 늘 서로를 보완하며 어우러져 정신생활의 상징이 된다. 또한 커피의 품질과 맛을 따지기보다 커피를 마시는 분위기와 정서에 더 많은 신경을 쓴다. 우아하고 낭만적인 운치와 정서는 오직 커피숍에서만 충분히 발현된다. 이런 분위기의 공간에서 독서는 더 깊어질 수밖에 없다.


## 독서의 부산물

《독서의 발견》의 유영만 저자는 "독서는 수많은 생각지도 못한 의미심장한 부산물을 낳을 수 있다. 책을 읽기 전에 뚜렷한 목적을 갖고 읽는 경우도 있지만 본래 목적한 바와 전혀 다른 생각지도 못한 우연한 생각과 만나 문제해결의 새로운 단서를 생각해낼 수도 있다. 또한 다른 책에서 읽었던 비슷한 화두를 다른 관점에서 생각해볼 수 있는 색다른 시선을 만날 수도 있디"라고 말한다.

독서는 책을 통해 얻게 되는 '산물'과 생각지 못한 '부산물'을 낳을 수가 있다. 산물이 없으면 부산물은 만들어질 수 없다. 부산물은 행운으로 생각할 수 있다. 그러나 그 부산물의 의미는 산물에 따라오는 종속된 것이 아니라 산물보다 그 이상의 결과물일 수도 있다. 또한 그러한 행운은 산물에 충실한 결과로 주어지는 것이다.

새끼 거북이 알을 깨고 나올 때, 거북이 알에서는 '카벙클(caruncle)'이라는 임시치아가 알의 내벽을 깨어 세상으로 나오도록 돕는다. '카벙클'은 부산물이라기보다는 돕는 자를 돕는 하늘의 도움이라 할 수 있을 것 같다. 그 밖에도 간절한 자신의 소명을 완수하도록 돕는 '내적인 정신', '성스러운 능력' 같은 '천사의 힘'들이 우리 안에 존재하는 것을 느낀다. 독서의 과정에 주어지는 산물보다 부차적으로 얻어지는 것들이 더 값진 것으로 생각할 수도 있다. 의도하지 않았고, 뜻밖에 주어진 것이기에 더 소중하게 느껴지는 것인지 모른다.

뇌는 독서량이 많아질수록 수용체가 활성화된다. 신경세포 수용체의 활성화를 위해서는 자신의 특기 분야나 흥미가 있는 내용에만 치우치지 않고, 새로운 분야를 접해야 한다. 낯선 분야나 전혀 흥미를 갖지 못했던 분야로 눈을 돌려야 할 필요가 있다. '다른 회로'를 만들어야만 수용체의 형상이나 질이 다양해질 수 있다. 그래서 책을 편식하지 않고, 분야별로 읽는 것이 필요하다. 이를 통해 뜻밖의 발견이나 기적적인 조우를 의미하는 세렌디피티(Serendipity. 뜻밖의 발견, 우연한 행운)을 유발할 수도 있다.

독서를 통해 내가 얻게 된 독서의 산물과 부산물의 예를 들어본다. '작은 승리의 기쁨을 맛보라.'라는 문장이 가슴에 꽂혔다. 책을 통한 사유의 외적, 내적 결과물로 작은 승리의 기쁨을 느껴보라는 말이었다. 책이 주는 어떤 것에 성취감과 기쁨을 느껴봄으로써 독서에 대한 동기부여와 자부심, 의욕 충만감 등을 고취할 수 있었다. 이것이 독서가 주는 산물이었다. 그런데 예상치 못했던 아이디어(부산물)가 떠올랐다.

먼저 독서를 통한 '작은 승리의 기쁨'만이 아니라 하루 일상 속의 여러 행위에 의미를 부여해 작은 기쁨을 느껴보자는 것이었다. 아침 일찍 진료실을 깨끗하게 청소하는 것부터 핑크 꽃을 피운 눈꽃선인장을 탁자 위에 올려놓고, 약 봉투에 이름과 더불어 처방 날짜와 주의사항을 성의껏 명시해주고, 빠른 쾌유를 바라는 말 한마디 덧붙여주는 것이었다. 일상적인 일이다. 달라진 것이 있다면, 깨어있는 의식으로 하나에 의미를 부여한 작은 행동이 뿌듯함으로 작은 행복으로 전해오는 것이었다. 진료소를 찾는 지역민들에게 진료와 더불어

정을 나눌 수 있는 작은 실천에 승리의 기쁨을 느끼는 것이었다.

다른 하나는 책을 읽으면서 느낄 수 있는 작은 마법들을 더 찾아보기로 했다. 내가 느껴보지 못한 마법을 찾아 책 속에서 헤맸다. 새로 찾아 알게 된 마법의 비밀들을 헤쳐보고 느껴보려고 애를 썼다. 내가 몰랐던 독서 마법의 비밀을 알아냈을 때, 새로운 성취감에 작은 승리의 기쁨은 배가 되었다. 이런 부산물 속에서 얻어진 것을 가지고, 독서의 작은 승리의 기쁨이란 글을 쓰고 있다.

# 독서의 예민한 촉수는 '사랑'을 알게 했다

좋은 문장을 만나면 오감의 촉수들이 예민해진다. 가슴에 와닿는 문장을 대할 때, 침묵 속에 짜릿함을 경험하게 된다. 나만의 미묘하고 섬세한 감각으로 느끼는 것이다. 자신이 가진 정서와 감정을 섞어 보고, 경험을 바탕으로 한 새로운 상상들은 가슴 언저리를 자극하고 전율하게 한다. 문장들이 살아서 나에게로 다가온다. 문장이 주는 전율과 더불어 문장 속의 단어 하나, 글자 하나, 쉼표 하나까지 살아 움직이는 느낌이다. 민감해지는 촉수는 빨판에 힘을 주어 힘껏 글자들을 빨아들인다.

진옥섭의 《노름마치》 중 군산의 예기(藝妓)였던 장금도의 〈민살풀이춤〉을 묘사한 장면을 읽으면서 나의 촉수가 예민해지고 인간에 대한 연민을 느끼게 했다.

"장금도는 키가 줄어 길어진 치맛자락을 살짝 쥐어 들 때, 다가오던 시간이 외씨버선에 밟혔다. 정중히 찍힌 발자국은 하얗게 말라가고 일찍 떤 발자국은 바람에 들려 분분했다. 어느새 자신마저 잊은 채 모이란 통구를 통해 구애 없는 시간을 향해 가고 있었다. 흰 소매가 헤친 허공, 아직 봉합되지 않은 저 칠흑 속의 찰나를 탁본해두었으면 했다."

"장금도의 민살풀이춤은 무심한 침묵 속에서 소매의 포물선이 깊다. 살짝 돌아설 때 간결하게 비치는 적 허공에 그린 세월, 오늘날 춤은 일자 소매로 제 몸을 스스로 들추지만, 민살풀이춤은 관능의 가장 먼 쪽에서 시선을 당긴다. 장금도의 춤은 '드러냄'이 아니라 '드러남'인 것이었다."

"인력거 두 대를 보내야 춤추러 나오던 명성도 잊었고, 춤추던 기억마저 가물거렸다. 그녀가 추는 민살풀이춤에는 침묵한 세월 속에 풍화가 가속되어 동작마저 흩어지고 단 한 줌 남았다. 그 분말이 박수의 진동으로 공기의 결속에 스미고 있었다. 축축한 시나위 가락이 다가오자 결로 되어 손끝으로 춤이 뚝뚝 떨어졌다."

'어떻게 이렇게 표현할 수 있는 걸까?' 내 눈은 장금도 손끝에서 잠시 멈추었다가 공기에 스며들어 흩어진 분말이 결로 되어 손끝에서 뚝뚝 떨어지는 것을 보고 있었다. 절제된 동작 하나하나를 나의 몸이 미세한 감각으로 새기고 있었다. '몸으로 오감(五感)으로 느끼는 것이 이런 것이구나!'

촉수의 빨판에 힘을 주어 더 깊이 들어가고 싶었다. 장금도 삶의 애환 속에 수많은 아픔과 슬픔 외로움을 더 깊이 빨아들이고 싶었다. "먹고 살라고 배웠소"라는 말 속에 지금 자신의 불행은 예전에 자신이 잘못 보낸 시간이었다는 생각이 담겨 있었다. 젊은 날 기생의 삶과 춤이란 멍에를 안고 살아야 했다. 혹독함에 내놓을 수 없어 구겨진 형체로 가슴 저 깊은 언저리에 묻어 두어야 했던, 너무도 그리워 펼쳐내고 싶을수록 더 깊이 숨겨야 했던, 어쩌다 술 한 잔에 주체할 수 없었던 몸이 드러내는 춤은 드러내서는 안 되는 수치였다.

그녀가 추는 민살풀이춤은 기교가 없는 기교이다. 수건을 들지 않은 빈손이 오로지 소매와 손끝만을 들어내며 선율을 한 올 한 올 세며, 공기 속에 스며드는 춤이었다. 꾹꾹 눌러 묻어야 했던 슬픔과 그리움이 터져 나온 것이다. 춤 속에는 숨소리가 들리지 않았다. 소리 내지 못하고 몰래 숨겨야 했기에 숨소리는 없애야 했다. 삭히고 삭혔던 그리움 조금씩 천천히 뱉어내듯 흘러나오는 춤이었다. 장금도는 춤 자체였다. 내 촉수의 민감함은 장금도 여인의 삶 그 너머의 한 맺힌 삶의 애환과 연민을 느끼고 있었다.


촉수의 깊이

하늘의 별을 보려면 별의 마음이 되어야 한다

온 마음이 별을 향할 때
온전히 그것을 볼 수 있다
별만 보아서는 별을 알 수 없다
낮 동안의 태양의 눈부심
밤하늘의 달과 별, 어둠까지 볼 수 있어야 한다
하나를 제대로 보려면 촉수를 세우고
아울러 볼 수 있는 눈이 필요하다


이철수 판화가의 글을 읽을 때면, 기대하게 된다. 벌써 감각들이
예민해질 준비를 하고 있다. 어떤 자극으로 전율하게 할지를 상상해
본다. 페이지를 넘기는 순간, 문장에 빠져들게 하고, 연상되는 사고
의 회전이 빨라진다. 촉수의 예민함으로 읽는 글에는 진한 어떤 맛이
있기 마련이다. 짙어진 맛에는 모든 사물과 인간에 대한 연민과 사랑
을 느끼게 된다.


가난한 머루 송이에게


가느다란 가지 끝에
열일곱 개의 작은 머루 송이가 달려 있다.
누군가 "겨우 요거 달았냐?"……

최선이었어요……

- 〈배꽃 하얗게 지던 밤에〉 이철수

산기슭 머루나무 한 그루, 대롱대롱 달린 머루 송이들, 유독 작은 머루 송이가 눈에 띈다. 세어보니 머루알 열일곱 개를 달고 있다. 그렇다고 알이 굵고 먹음직스럽지도 않아 머루맛에 군침이 돌지도 않는다. 누구도 탐내지 않을 것 같다. 그런 찰나에 '겨우 요거냐?'는 비아냥거림…… 머쓱해진 작은 머루 송이는 자신이 피워낼 수 있는 것이 이것뿐이었다고…… 그래도 감사하다고…….

사랑에 바탕을 둔 삶을 사는 것은 가치 있는 삶이다. 인간으로서 감성을 다 느끼려면 사랑 속에 있어야 한다. 다른 사람을 위해 이해하고 노력하고 사랑하는 것, 이 행위 자체가 우리 인생을 살아볼 만한 값어치가 있는 것으로 만든다. 독서의 마지막 종착지는 '사랑'일 거라는 생각이 들었다. 아니, 갈수록 '사랑'을 확신하게 된다. 책을 읽기 전에 바라본 사랑과 책을 읽은 후에 바라본 사랑은 다르다. 단어 속으로 들어가 그곳에 응축되어 있는 의미를 촉수의 예민함으로 숙성시켜가며 읽을 때, 느끼는 사랑의 넓이와 깊이가 더욱더 다르다.

# 독서에 임계점이 있었다

　독서를 통해 자신을 성장시키고 싶은 열망은 누구나 가지고 있을 것이다. 그러나 열망에 앞서 자신이 얻고자 하는 것의 임계점을 파악하고, 이에 상응하는 절대량의 노력과 시간을 투입해야 한다. 인간의 발전은 차곡차곡 순차적으로 이루어지지 않는다. 계단식의 정체와 약간의 발전을 거듭하다 어느 순간 특정 경계를 넘으면서 비약적인 발전을 하게 된다. 적을 알면 '백전백승'이듯, 독서에서 겪는 심리적인 정서나 감정들을 인지하고 도전한다면, 상황을 통제할 수 있을 것이다. 개인적 한계점을 인지하고, 자신의 능력치에 대비하여 임계점을 설정하여, 꾸준히 노력한다면 독서의 경지에 이르게 될 것이다.

## 임계점을 기억하라

물은 온도의 변화에 따라서 모양의 변화를 가져온다. 단계별 온도의 변화를 통해서 기화, 액화, 고체화가 결정된다. 이 원리는 우리가 살아가는 가운데 운동을 하거나 독서, 또는 그 어떤 것을 얻어내고자 할 때 적용된다. 하나의 물질이 다른 형태로 변하기 위해서는 한고비를 넘겨야 한다. '절대의 시간'을 이겨내야 한다는 것이다. 물은 상온에서는 절대로 얼음이 되거나 수증기가 되지 않는다. 물이 얼음이 되기 위해서는 온도가 0℃ 이하로 떨어져야 한다. 또한 물이 수증기가 되기 위해서는 물의 온도가 100℃가 되어야 끓게 되어 수증기로 변하게 된다. 액화가 기화되고 고체화될 때, 즉 새로운 변화를 꿈꿀 때, 넘어야 할 산이 임계점이다. 《가슴 뛰는 삶》의 강헌구는 "지식이 임계점을 돌파하여 '탁'하고 터지는 순간 완전히 새로운 우주가 눈에 들어온다. 머릿속에서 지식의 빅뱅이 일어나게 하라."라고 말한다.

독서에 있어서 '임계점을 넘어선다.'는 것은 구체적으로 무엇을 말하는 것일까? 자신의 한계를 넘어선다는 것인데, 자신의 한계의 무엇을 가지고 어떻게 넘어야 한단 말인가? 이 질문에 대해 고민을 하면서 독서의 임계점은 세 가지 영역을 넘어서야 한다고 생각한다. 시간의 개념을 전제로 하면서 독서의 분량과 사유의 깊이, 독서법에 있어서 한계를 넘어야 한다는 것이다. 이것이 정답이라고 말할 수는 없지만, 경험을 통해서 절실하게 느꼈던 부분이다.

임계점은 시간의 개념과 함께 세팅되어야 하고, 개인의 능력치가 다르기 때문에 출발선의 다름을 인정해야 한다. 메타인지 측면에서 자신의 현실을 정확히 인지하고, 목적 달성을 위해 자신의 시간대를 설정해야 한다. 시간대를 실정하고 조급해하지 않고 최선을 다했을 때 임계점에 오르게 된다.

임계점을 넘기 위해서 환경을 조성하는 것 또한 중요하다. 적절한 환경설정이 독서 준비의 반이라고 할 수 있다. 조성된 분위기에 따라 자연스럽게 생각과 몸이 함께 가기 때문이다. 또한 독서의 기쁨이 있어야 한다. 기쁨이 없이는 먼 길을 갈 수가 없다. 독서의 기쁨을 느끼지 못하면 일정한 인풋이 끊기게 되면서 중간에 포기하게 된다. 책을 읽기 싫은 마음으로 시작하는 독서는 끝까지 가기가 어렵다. 강한 의지와 열정을 가지고 도전해도 독서의 과정에는 저항들이 많다. 깨알 같은 글씨들을 읽는 것도 벅찬데 내용마저 어려울 때면, '포기해 버릴까?' 하는 마음이 생기기 마련이다. 이런 저항을 이기지 못하면 포기를 하게 되는 것이고, 이겨낸다면 다시 책을 읽게 된다. 그것은 자기 의지의 실현으로 한걸음 나가게 된다.

때론 자신의 재능을 의심하기도 하고, 회의를 느끼면서 세상을 원망하기도 하며, 끝이 보이지 않는 막막함을 느끼게 된다. 이 시간을 잘 보내야 한다. 의욕이 저하될 때면, 원하는 에너지 활성화를 위해 여러 가지 것들을 시도해야 한다. 새로운 장비를 구입하거나, 장소를 바꾸거나, 독서의 이유를 책에서 다시 찾아보거나, 독서 후에 만들어진 파일이나 노트와 같은 결과물들을 들춰보면서 동기부여를 시켜야 한다. 그러면서 다시 힘을 내야 한다.

임계점을 넘기 위한 시간과 노력의 투입은 효용성의 법칙에 의해 보상받게 된다. 임계점에 이르기 위해 그에 맞는 절대량의 시간과 노력을 투입해야 한다. 누구도 이 시간을 보내지 않고는 임계점에 이르지 못한다. 임계치를 넘지 않고 눈높이만으로는 불가능하다. 물의 온도가 80°나 90°에서 물이 끓기를 바라는 것과 같다. 또한 실패에도 임계점이 있다. 거듭된 미룸과 게으름으로 포기가 반복되면 나락으로 떨어져 일어설 수 없게 된다. 임계점을 넘어선다는 것은 절대의 시간과 노력이 필요하지만 좋은 습관을 만들어 날개를 달고 어디를 날아가도 힘들지 않고, 원하는 곳에 다가갈 수 있는 축복이기도 하다.

북유럽 신화에 지혜를 얻기 위해서 자신의 한쪽 눈을 내놓는 이야기가 나온다. 큰 것을 얻으려면 그에 반하는 것을 내놓아야 한다는 것이다. 조물주께서는 가치 있는 것일수록 공짜로 주지 않고, 미션을 해결해야 손에 쥘 수 있게 하셨다. 인생에 가치 있는 것을 얻으려면 하나의 장벽을 넘어야 한다. '네가 이 귀한 것을 얻기 위해서는 사흘 밤낮 주기도문을 천 번 외우라.'라고 하듯이 독서가 주는 가치만큼 수고의 기준점인 임계치를 넘어야만 한다.

## 한계의 한계를 넘어야 한다

《최고의 나를 꺼내라》에서 스티븐 프레스필드는 "예술가는 자신의 한계를 넘어서야 하기에 저항과 끈질기게 싸운다. 그래야 자신의 한계점을 넘어선 세계를 말할 수 있다"라고 말한다.

독서에 있어서는 세 영역에서 임계치를 넘어야 한다. 독서 분량과 사유의 깊이, 독서 방법이 그것이다. 임계치를 넘는 것은 또한 자신의 한계를 넘는 것이다. 개인에 따라 이 차이가 다르기 때문에 저자의 경험을 바탕으로 보편적 관점에서 임계점을 정해보고자 한다.

첫 번째 영역인 '독서의 분량'을 숫자로 계량화하기에는 무리가 있지만 임계치 설정을 위해서 군이 규정지어야 한다면, 적어도 인문학 도서 120권과 기타 도서 80권으로 약 200권 정도의 책은 읽어야 한다고 경험에 비추어 말한다. 달성기간은 적어도 2년에서 3년으로 잡는다. 기간이 너무 길어지면 해이해지기 때문이다. 독서는 머리로 하기보다는 지금까지 축적된 독서의 양으로 하는 듯하다. 책 읽기를 꾸준히 하면 읽는 속도가 빨라지고, 더불어 이해력과 독해력 향상에도 가속도가 붙게 된다.

다른 분야의 책으로 넘어갈 때 책 읽는 속도가 느려지고, 흥미를 잃는 경우가 있다. 그때는 인터넷이나 유튜브를 통해 배경지식을 갖추고 책을 보게 되면 이해력이 빨라지고 내용 파악이 수월해지며, 약간의 기대감을 가지고 계속해서 더 어려운 책 읽기에 도전하게 되기도 한다. 다윈의 《종의 기원》을 읽을 때였다. 인문학책들을 접하다가 자연과학의 책을 접하니까 독서의 흐름이 끊기고, 이해하지 못한 곳에서는 문맥이 끊어져 접어두기를 여러 차례 반복했다. 이때, 종의 기원에 관한 유튜브와 쉽게 설명된 책을 보고 되돌아와 끝까지 읽게 되었다. 어려운 책을 대할 때는 좌절하기 쉽다. 지혜롭게 극복할 수 있어야 한다. 어려운 책을 읽다가 기분전환으로 소설을 읽을 때면, 물 맞은 잔디마냥 파릇파릇 의욕이 살아나게 된다.

자신이 독서에 게을러져 미루고, 의욕이 저하되고, 자신감이 떨어지고, 무기력해지는 시기를 조심해야 한다. 저항이 당신을 무너트리기 때문이다. 기억하라. '의욕이 저하되면 다시 시작하는 것이 방법이다.' 소생력이 있는 말이다. 이 문구는 의욕이 떨어지고 무기력함에 포기하고 싶을 때, 다시 의자에 앉게 하는 힘이 있었다.

임계점을 넘어야 할 두 번째 영역은 '독서의 깊이'다. 책을 읽을 때 경이로운 한 단락 한 문장 앞에서의 감동의 울림으로 밑바닥까지 깊이 내려가보기를 권한다. 밑바닥에 흐르는 정신의 맥(脈)을 느끼고 사유해보라. 깊은 사유가 주는 황홀함을 느껴보라는 것이다. 깊이를 느낀다는 것은 단순히 감정이 움직이느냐 눈물을 흘리느냐의 차이가 아니다. 인생의 담장 너머를 바라볼 수 있는 안목이 생기는 것이다. 사유의 깊이를 손에 넣으려면 그 일에 대해 깊이 파악하는 힘, 인식력이 필요하다. 인식력의 차이는 같은 정보라도 받아들이는 데 차이를 만든다. 작은 부분까지 의식하고 그것을 언어로 표현하고 글을 써 보는 것은 독서의 깊이를 한층 깊게 할 것이다. 책을 읽으면서 깊이 들어가고 있다는 감각을 느끼게 되면, 계속 더 파고 들어가게 된다. 알면 알수록 깊이 놀랄 수밖에 없다. 책이 주는 깊이는 그때 생기는 것이다.

임계점의 세 번째는 '독서법'이다. 많은 자기계발서에서 독서법들을 소개하고 있다. 시간을 들여 자신에게 맞는 독서법을 찾아야 한다. 거부감이 없으면서 자신에게 맞는 독서법이어야 오랫동안 독서를 할 수 있기 때문이다. 그러나 독서에 있어서 맥락과 연결성은 강조하고 싶다. 맥락 있는 독서가 효율적이고, 연결성이 있어야 창의성을 발휘할 수 있기 때문이다. 파편화된 지식은 힘을 갖지 못한다. 독서를 맥락으로 읽고, 맥락으로 요약했을 때, 독서가 주는 효과는 몇 배 크다. 내용의 꿰어짐, 일관성, 맥락을 중심으로 책을 읽을 때 한 분야에 대한 지식의 체계성이 생기게 된다. 지식을 하나의 체계로 만들어가는 방법으로 지속해서 읽다 보면 지식의 두께와 넓이, 높이까지 형성된다. 이질적으로 보이는 것들조차 맥락을 알게 되면 연결고리를 만들어나갈 수 있다. 맥락과 연결성이야말로 독서법의 핵심이다. 독서도 하나의 기술이라고 할 수 있다. 기술을 연마하여 달인이 된다면 그 어느 것도 무섭지 않게 읽어낼 수 있을 것이다.(사이토 다카

책으로부터 우리가 얻을 수 있는 것은 무궁무진하다. 가치 있는 것들을 이렇게 무한하게 제공할 수 있는 것이 또 무엇이 있겠는가? 두려워하지 마라. 두려움 저 너머에 꿈이 있다. 두려움 저 너머에 내가 원하는 것이 있다. 자신의 한계를 넘어섰을 때, 하나의 의미를 창조할 수 있고, 한계를 넘어섰을 때, 인간의 정신 속에서는 마음의 빛이 가장 밝게 빛을 낸다.

# 독서의 '총체성'을 드러낼
# 독서백신을 얻다

이제까지의 독서로 유익한 '그 어떤 것'을 만들어낼 수 있을 것 같은 막연함이 있었다. 어느 날, 문득 이십 년 넘게 환자 진료를 위해 약을 처방해온 나의 일과 독서에 대한 생각이 서로 만났다. '독서를 환자의 질환에 따라 약으로 처방하면 어떨까?' 정신적 문제를 치유하는 데 효과적일 것이라는 생각이 들었다. 독서치료 관련 자료를 찾게 되었다. 자료들을 찾고, 수집하면서 '독서는 약이다'라는 생각에 확신을 갖게 되었다. 독서를 약으로 분류하는 과정에서 '나처럼 독서로 다른 이들도 인생의 변화를 경험할 수 없을까?'를 고민하게 되었다. 그리고 떠올린 것이 '독서백신'이었다.

독서 '총체성'이란 독서가 줄 수 있는 '전체적 탁월함'을 말한다. 독서 '총체성'이란 독서를 읽기·글쓰기·말하기 일련의 합으로 책을 읽고, 생각을 정확히 이해하는 능력과 동시에 사고력, 논리력, 추리력, 상상력, 통찰력을 가지고, 이성적인 방법으로 문제를 해결하는 능력을 말한다. 이런 능력들이 모여 독서의 전체적 탁월함을 얻게 되어, 자아의 발견과 더불어 주체성을 가지고 자기다운 삶을 주도해갈 수 있는 능력까지를 말한다.

독서의 탁월함을 얻는데 필요한 '독서백신'은 독서하는 목적과 독서 전의 태도, 마음가짐, 독서에서 꼭 기억해야 할 것들, 그에 따른 예시, 독서백신의 효력 발생을 위해 노력해야 할 것들을 중심으로 만들어졌다. '독서백신'을 통해 읽기·글쓰기·말하기 세 부분의 교집합에서 독서의 '총체성'을 얻을 수 있다.

요리에서도 마찬가지다. 요리의 각 재료가 신선하고 좋은 맛을 가지고 있을 때, 양념들과의 조화 속에서 하나의 요리가 만들어진다. 또한 독서가 가진 탁월한 특성들이 잘 습득되었을 때, 뇌 속 연결의 조화로 독서의 전체적 탁월성을 얻게 되는 것이다. '독서백신'은 독서 '총체성'을 어떤 방법으로 얻을 수 있을까에 초점을 맞추었고, 효율적 독서법의 습득과 삶의 변화라는 목적을 달성하기 위해 만든 것이다.

독서로 얻을 수 있는 것들을 맛으로 비교해본다. 독서로 얻을 수 있는 맛들은 무궁무진하다. 그러나 대부분 사람은 독서가 줄 수 있는 맛을 단맛, 짠맛 정도로 알고 있는 경우가 많다. 독서에는 단맛과 짠맛을 비롯한 쓴맛, 매운맛, 떨떠름한 맛, 신맛, 담백한 맛, 뜨거운 맛,

매운맛, 느끼한 맛 등 여러 가지 맛이 있다. 독서가 위대한 것은 여러 맛들의 조화로 새로운 맛을 만들어 낼 수 있다는 것이다. 매콤달콤한 맛, 짭짤신맛, 씁쓸짠맛, 단짠맵짠맛, 맵쓴맛, 시큼짭조름한 맛, 매코름신맛 등을 비롯해 만들어낼 수 있는 맛의 세계가 블루오션이다. 독서의 '총체성' 속에 맛있는 요리들이 나오게 된다. 어떤 찰떡궁합의 맛이 빚어질지 모른다. 우리는 독서의 전체적 탁월성 속에서 자신의 입맛에 맞고, 평생 질리지 않고 맛있게 먹고살 수 있는 레시피를 만들어 낼 수 있어야 한다. '독서백신'은 자신만의 레시피(독서법)를 만들 수 있는 독서항체를 형성하도록 돕는다.

'독서백신'은 산 정상에 올라가기 위한 지도이다. 산 아래 입구에서부터 등산의 목적과 필요성을 설명하고, 등산에 필요한 장비를, 가져야 할 자세와 마음가짐, 정상에 안전하게 오르는 방법으로 때론 휴식도 취하고, 오르막길에서는 호흡을 조절하고, 정상까지 오를 수 있는 스퍼트까지 지시해준다. 안내에 따라간다면 길을 잃어버리지 않고, 시간 낭비 없이 자신이 목표하는 곳까지 제대로 갈 수 있을 것을 확신한다. 독서백신의 독서항체를 통해 독서가 줄 수 있는 '총체성'을 획득하게 되므로 당신 삶을 자기답게 행복하게 살아갈 근거지를 마련하게 될 것이다.

내가 만난 '독서백신'은 독서를 위한 좋은 기술이 아니라 두 권의 시집이었다. 인간의 삶에 대해, 나의 삶에 대해 자극을 주고, 사유하게 하고, 끝내 독서를 실천하게 했던 것이었다. 내가 만난 독서백신은 참 우연으로 이루어진 것이었다. 나와 같은 우연을 모두에게 제공해 줄 수는 없다. 그래서 제대로 된 독서 길에 이르게 하는 방법으로 '독서백신'을 만든 것이다. 결국 제대로 된 독서란 효율적인 독서법을 가지고, 자신이 주체가 되어 자기 인생의 변화를 이루어 내는 것이다. 또한 이것이 독서의 가치이고, 독서의 이유이다.

3 / 부

독서는 약이다

독일 소설가 니나 게오르게는 《종이약국》을 통해 "책은 의사인 동시에 약이기도 해요"라고 말한다. 단연코 독서는 인생의 약이다. 상황에 맞는 책을 제대로 처방할 수 있다면, 신의 손길 같은 치유가 일어난다. 인생을 살아가며 삶의 성장과 고통의 치유를 할 수 있는 것으로 독서만한 것이 떠오르지 않는다. 독서의 진정한 가치와 의미를 알아갈수록 명확해지는 생각이다. 3부에서는 이와 더불어 독서가 가진 여덟 가지 약효를 설명하고자 한다.

# 독서는 자극각성제다

'깨달음이 내게 다가와 꽃을 피울 때마다
나는 다양한 꽃들의 향기 속에서 나의 향기를 만들어간다.'

독서는 사유와 창조의 씨앗이다. '하나의 깨달음'은 희망을 용솟음치게 하며 나만의 꿈을 만들어낸다. 나에게만 알려준 세상의 비밀인 것 같아 더욱 소중하다. 하나의 깨달음은 새로운 세계의 창을 열어주며, 정신의 내적 여행을 서두르게 한다. 새로 열리는 세상의 창으로부터 내적 여행은 시작된다. 여행에 흠뻑 취했다가 창문 밖으로 나올 때면, 나는 이미 또 한 세계를 경험한 개척자가 된다. 책은 새로운 세상, 호기심 많은 세상의 문을 열어주는 열쇠이다.

절실함만이 하나의 세계를 깨뜨려 다시 태어나게 한다. 간절히 바라지 않으면 새로운 길로 들어설 수 없다. 무언가를 하고자 한다면 열정이 있어야 한다. 스스로 묻고 생각해야 깨어날 수 있는 것이다.

절실한 사람만이 변화를 기회로 만들 수 있다. 바꾸려 한다면 자신을 스스로 흔들고 깨우면서 다른 세계를 볼 수 있어야 한다.

## 자신의 한계를 짓지 마라

코끼리 말뚝 이론이란 게 있다. 서커스단은 어린 시절부터 코끼리의 뒷다리를 말뚝에 묶어 놓는다. 코끼리는 말뚝에 묶여 스스로 한계를 규정짓고, 힘이 생겨도 평생을 벗어나지 못한다. 스스로 자신의 한계를 단정지어버린 것이다. 깨달아야 할 것은 스스로 한계를 그어왔다는 사실이다. 그 한계는 인생에서 예측 가능한 들판을 아무 생각 없이 털털거리며 걸어가는 것과 같다. 외부의 자극을 자신의 것으로 흡수하여 자신이 만든 새로운 규율을 적용하면서 새로운 생명으로 태어나야 한다.

코끼리는 말뚝이란 규정에 자기의 삶이 규정되고 갇히게 된 것이다. 코끼리의 자각이 없이는 이 상황을 벗어날 수 없을 것이다. 내 생각 안에 내가 갇혀버린 것이다. 미리 자신의 한계를 설정해버려 능력을 발휘하지 못하고 스스로 행동을 제약하는 것이다.

인생을 살아가면서 학습된 편견이나 안일함으로 미리 한계를 설정하고 자기의 능력을 발휘하지 못하고 있는 것은 아닌가 한 번 돌아보아야 한다. 낯설고 불편한 것들은 심리적으로 피하고 싶어진다. 그러나 낯설고 불편함 속에서 새로운 생각을 만날 수 있다. 우리를 둘러싸고 있는 경계를 넘어 다른 세상 밖으로 뛰쳐나가는 도전 없이는 자신의 한계를 알 수 없다.

벼룩도 마찬가지다. 자기 몸의 백 배가 넘는 30cm 이상을 뛸 수 있는 능력이 있다고 한다. 10cm 유리병에 벼룩을 넣어 뚜껑을 닫고, 천장까지 뛰어오르게 하는 실험을 했더니, 처음 몇 분 동안은 천장까지 뛰어올랐지만 같은 동작을 반복하던 벼룩들은 차츰 시도를 줄였다. 벼룩이 뛰기를 멈추었을 때, 유리병의 뚜껑을 열었지만 튀어나오려는 벼룩은 한 마리도 없었다.

경계선 밖의 세상에 무관한 채, 정해진 테두리 안에서 안주하는 삶이 대부분 우리들의 삶일지 모른다. 익숙함에 길들이고 안주하는 삶에는 변화가 있을 수 없다. 한계를 규정짓기 전에 한 번 쯤, 천장 너머로 뛰어오르기를 시도해보았더라면 어땠을까? 경계의 울타리는 삶의 결핍이고 장애이다. 책은 울타리 너머의 세상을 마음껏 탐하게 한다. 끝이 없는 세상을 보여준다. 우리는 자신이 정해놓은 한계를 깨기 위해서는 익숙한 것과 결별로 낯선 마주침을 가져야 한다. 자신의 한계를 인정하고 편견과 선입견에 함몰된 생각에서 빠져나올 방법이 독서에 있다.

## 낯선 만남이 변화를 가져온다

낯선 마주침은 색다른 깨우침을 가져온다. 낯설다는 것은 새롭다는 것이고 불편함을 수반한다. 잔잔한 호수에 거친 파장을 일으키는 큰 돌멩이 하나가 떨어진다. 삘라지는 의식의 흐름을 심호흡으로 읽어간다. 낯선 만남에 숨이 가빠지는 것은, 낯선 만남이 주는 혼란이다. 뇌의 어딘가에 가라앉아 나를 옥죄고 있던 의식들이 깨진다. 과거 체험과 생각에 닻을 내리고, 깨진 의식의 파편들이 물결 속에 흩어진다. 불편한 생각과 만날 때, '왜'라는 의문을 시작으로 다른 사고가 이어진다. 새로운 배움 이전에 형성된 틀의 파괴를 통해 비움이 일어나고, 색다른 깨달음은 깊은 사유와 새로운 의식으로 자리하게 된다.

낯선 만남은 내가 누구인지 나와 밀접하게 관계를 맺고 있는 세상을 새롭게 들여다보게 한다. 각성된 생각은 이전의 나로 돌아갈 수 없게 한다. 지금 여기에 머물러 있을 수 없게 한다. 기존에 자리한 신념들을 전복시키고, 금지된 영역을 뚫고 들어가야 한다. 각성된 생각들이 인정받기 위해 검증할 기회를 달라고 한다. 직접 몸으로 경험하고 마음을 관여시켜 기존 경험의 색깔을 다르게 입히고 싶어 한다.

# 《오래된 미래》는 영혼을 깨는 도끼였다

날카로운 도끼는 무덤덤한 내 영혼을 사정없이 내리쳤다. 심장이 멈추는 순간이었다. 내가 알고 있는 정반대의 진리가 벼락을 내리쳤다. 한 줄 한 줄 읽어갈 때, 금이 가는 생각의 균열들, 내가 가지고 있던 확신들이 무너져갔다. 옳다고 믿었던 것들이 흔들리는 것은 그동안 쌓은 나의 성이 부서지는 경험이기에 자존심이 상했고 부끄러움을 느꼈다. 나의 성을 깬 것은 헬레나 노르벨 호지의 《오래된 미래》였다. 인도의 작은 도시 '라다크'를 접하면서 고정된 신념들이 산산조각 나고 있었다. 1970년대의 전통을 중시하며 자급자족하며 살아가던 정겨운 '라다크'의 20년 후 변모한 모습은 너무도 큰 충격이었다. 나의 각성은 이미 빛나는 목적 달성을 눈앞에 두고 있었을지 모른다.

호지가 1970년대 찾았던 라다크는 해발 3,500km 히말라야 산맥의 거대한 그늘에 가려 풀 한 포기 자라기 힘든 춥고 건조한 기후에도 산기슭을 정교하게 깎아 만든 밭에는 오밀조밀 야채와 과일을 키우고, 들판에서는 재래 암소와 야크의 교배종인 '쪼'를 키우는 것을 생업으로 살아가고 있었다. 전통적으로 지역공동체를 중심으로 자급자족하며 관용과 배려를 중시했고, 그들은 자발적 중재자라는 규칙을 만들어 의견을 조정하고 갈등 없이 평화롭게 살고 있었다.

1970년 초부터 인도 정부는 라다크 지역을 관광객에게 개방하면서 서양 문물이 무분별하게 들어오게 되었고 라다크의 메아리는 더이상 선율을 느낄 수 없는 곳으로 변해갔다. 돈 한 푼 쓰지 않고도 농사를 잘 지어왔건만, 개방 후 살포된 농약의 3/4이 미국에서 금기된 것들이었으며, 글로벌자본주의 물결은 라다크를 건설의 붐으로 몰고 갔다.

사람들은 모두가 농사짓기를 꺼리게 되었고, 학교에서는 서구식 교육시스템을 도입하고 8년에서 10년을 기술에 전념하게 하여 돈 버는 노동자를 키워냈다. 심화된 경쟁 속에서 예전에 볼 수 없던 단어 '싸우다'라는 말이 일상화되고 있었다. 마을은 공동체 중심의 상부상조와 협업으로 문제를 해결했으나 이런 전통은 사라지고 '단절'이라는 새 개념이 생겨났다. 물질만능주의로 인한 이기주의가 라다크인의 마음속에 뿌리내리게 되었다.

경제 발전은 물질적 풍요와 온갖 기술의 혜택, 편리한 생활, 안락과 사치를 그들에게 가져다 주었지만 행복을 가져다주지는 못했다. 수세기 동안의 안정적인 생산구조로 이어온 평화로운 생활을 버리고, 한 번에 꽃피고 열매 맺는 일확천금을 꿈꾼 라다크인들. '라다크인들이여, 과연 지금은 행복한가?'라고 묻고 싶다.

《오래된 미래》를 읽기 전과 읽고 나서 바라보는 세상 사이에는 되돌아갈 수 없는 강이 흐르고 있었다. 반란군 혁명이라도 일어나야 할 것 같았다. 이대로는 안 된다며 누군가 등을 떠밀고 있었다. 책이 주는 메시지가 심상치 않았다. 숙제를 풀지 않으면 안 될 것 같은 조급함이 나를 힘들게 했다. '라다크'는 작고 위대한 싸움에 동참하라 했다. 미국 중심의 자본주의와 신자유주의의 사상은 인간을 위한 경제가 아니라 오로지 이윤을 남기기 위한 것이다.

본질적인 결함과 동시에 자기 파괴력을 가지고 있기에 결코 행복을 줄 수 없다. 죽음을 부르는 경쟁과 이윤의 법칙에서 하루빨리 벗어나야 한다. 이제 거대한 신앙 병에서 벗어나 우리 안의 탐욕과 질투심, 이기심을 극복하고, 지역사회 공동체를 중심으로 힘을 모아야 한다. 조금은 불편해도 참아내는 인내를 갖고 얼마나 많은 것을 얻을 수 있는지보다 뭔가를 포기하고 되도록 적은 것으로 이겨내는 '작고 위대한 싸움'에 동참할 것을 요구하고 있었다.

촌스러워 하찮다고 여기던 작고 소소한 것들이 실은 '작고 위대한 것들'이었다. 눈에 보이지 않던 작은 것들이 눈에 보이기 시작한다. 작고 소소한 것들의 소리에 귀 기울이며 사는 것이 인간다운 삶이라는 생각이 들었다. 《오래된 미래》를 읽은 후, 내가 살아온 삶에 저항감이 컸던 만큼 자극에 대한 반동도 바로 나타났다. 깨달은 생각을 바로 삶에 적용하고 싶었다.

시골에 작은 집을 지을 수 있고 자급자족할 수 있게 약간의 농사를 지을 수 있는 땅을 샀다. 성급하고 어설픈 행동일지 모르지만 그렇게 하지 않으면 내가 읽은 책에 대한 배신이라는 생각이 들었다. 많은 것을 얻으려 하기보다 되도록 적은 것으로 이겨내려는 작고 위대한 싸움에 동참했다는 생각에 뿌듯했다. 소소한 작은 실천 하나가 세상을 바꾸어가는 힘이라는 말에 깊은 공감을 표한다. 자극이 깨달음이 되고, 깨달음을 실천으로 옮기면서 의식의 전환은 이미 이루어져 있었다. 깨부수는 것은 내부에 단단히 박힌 나무의 뿌리를 뽑아내는 것이다.

# 독서는 사고심화 확장제다

책은 사색에 잠기게 하고, 사색하는 가운데 머리와 가슴을 치는 깨달음을 얻게 한다. 천재들은 그 깨달음을 기록했다. 위대함을 향한 열정과 사랑으로 마치 여기저기 흩어진 채 빛나고 있는 진주알을 하나의 실로 꿰어 오색빛 진주 목걸이를 만들어낸다.

《생각하지 않는 사람들》의 니콜라스 카는 "책을 읽는 것은 그냥 글자를 읽는 게 아니라 저자의 생각 속으로 파고 들어가 저자가 던지는 의미가 무엇인지를 찾아가며, 깊은 생각에 잠기는 사색 여행이다"라고 말한다. 책의 이해력과 사고력이 필요함을 말한 것이다. 독서는 사고하는 방법을 배우는 치열한 사색이다. 독서는 사고력을 키우는 데 목적이 있다. 사고력은 왜 필요한가? 삶을 사는 데 있어 인간의 가장 좋은 '소프트웨어'이기 때문이다. 책을 읽고 지식을 쌓은 이유도 사고력을 촉진하고 늘려주기 위함이다. 우리에게 닥쳐오는 수많은 문제를 효과적으로 해결하기 위해서 깊은 사고력이 필요하다. 읽으면서 생각하고, 대화하면서 생각하고, 적용하면서 생각하고, 정리하면서 생각하는 스스로 깊이 생각하는 사람이 되기 위해 독서를 한다.


## 변화하는 뇌 구조

'독서삼매경'은 옛이야기가 되었다. 궁금하지 않아도 습관적으로 정보를 찾아보는 '검색 삼매경'의 시대이다. 인터넷, 유튜브, SNS와 같은 단순 신호처리를 사용하게 되면서 우리 뇌의 구조는 단지 정보를 의식 속으로 안내했다가 다시 내보내는 것으로 끝난다. 인터넷 검색으로 얻은 정보는 지식으로 전환되지 못하고 부표처럼 떠돌다 어디론가 사라진다. 온라인상의 많은 정보는 중요 핵심만 재빨리 훑어보게 되어 사고가 톡톡 끊어지며 연결성이 없다. 스마트폰 검색에 밀려 사색은 어디로 갔는지 모른다. 영상에 길들어진 우리의 뇌는 더 이상 생각하려 하지 않는 시스템으로 그 구조마저 변화되고 있다. 소통의 속도는 빨라지고 빈도도 높아졌지만 깊은 사색과 성찰은 찾기가 힘들어졌다.

독서는 지식의 재료를 얻어서 그 지식을 자신의 것으로 만드는 데 사색을 위한 시간이 필요하다. 그러나 SNS의 짧은 메시지와 자극적인 영상 이미지는 깊은 생각을 하거나 정보의 의미를 분석할 시간을 기다려주지 않는다. 책 읽기는 다른 삶을 살아가는 사람들과의 만남이다. 다른 사람을 만나면서 내 생각이 심화되고 넓이가 확산되는 것이다. 충분한 사유의 시간을 가지고 저자가 말하고자 하는 핵심과 본질이 무엇인지를 꼼꼼히 따져보고 해석해야 한다. 한 줄, 한 줄 깊은 생각으로 사고가 숙성될 시간을 가져야 한다.


빈터로 가자


호흡은 생명 자체이다
정글을 뒤덮어버린 삶의 그물들
정글 그물 속에 갇혀 사네
그물을 걷어 내고 햇볕을 받자
빈터로 가자
호흡은 영적 생명으로 여행
나무 꼭대기에서 하늘의 빛 비추는
숲속의 열린 빈터로 가자
최소의 숨 쉴 만한 사색의 틈을 주자
내 안에 조금씩
호흡의 여분을 만들어두자

## '아이히만'의 무사유(無思惟)

독서가 사유(思惟)를 만나 새로운 생각을 만들어낸다. 기존의 생각과 새로운 만남은 또 다른 사유의 영토다. 사유의 영역이 확장된다는 것은 세상을 보는 창이 다양해진다는 것을 말한다. 어떤 현상을 하나의 통로로 보는 것과 다양한 관점에서 보는 것은 수용할 수 있는 생각과 표현되어지는 생각에 큰 차이를 가져올 수밖에 없다. 우리가 다양한 삶을 안다는 것, 즉 다양한 관점으로 생각한다는 것은 인생 자체를 풍요롭게 느낄 수 있는 것이다.

책을 읽지 않으면 다른 삶을 살아가는 사람들을 만날 수 없다. 다양한 삶의 세계를 접하지 못하니 거기에 따르는 사색이 있을 수 없다. 또한 책을 읽고도 깊은 사색을 하지 않으면 읽지 않는 것과 같다. 나의 것으로 만들기 위해서는 읽은 내용이 내 삶과 어떻게 연결성이 있는지, 어떤 의미를 주는지 곱씹어봐야 한다. 살아있는 독서란 의미를 반추하고 사색하는 데 있다. 사색의 시간을 통해 갇혀 있던 생각들을 풀어내고, 진리의 세계를 만나는 깨달음으로 자기 삶의 의미를 재구성할 수 있을 것이다.

《예루살렘의 아이히만》의 '악의 평범성'에서 한나 아렌트는 아이히만이 우리가 살아가면서 만날 수 있는 평범한 이웃집 아저씨와 다름없다고 기록했다. 전대미문의 범죄인 유대인 학살은 도대체 어디에서 발생했을까 고민하면서 최종적으로 아이히만이 저지른 범죄의 원인을 분석한다. 그녀는 아이히만의 '철저한 무사유'가 학살의 근본적인 원인이라고 지적한다. 아이히만은 자신이 명령받은 일들이 유대인에게 어떻게 영향을 미칠지, 인간으로서 자신이 행하는 것들이 어떤 의미이고, 후세에 어떻게 평가되어질지에 대한 반성과 성찰이 전혀 없다. 적어도 가스실로 들어가는 유대인들의 공포를 공감했어야 했고, 상상했어야 했으나 전혀 상상하지 않은 것이다. 이것이 바로 '무사유'의 전형이다. 이 시대를 살아가는 우리 또한 그저 성실하고 근면하지만 한 무사유의 '아이히만'은 아닌가 생각해야 한다.

책을 읽는 사람과 읽지 않는 사람의 사고는 매우 큰 차이를 보인다. 사고력은 사물, 사람, 상황에 대해 논리적인 추리로 이치를 깨닫게 하는 힘이다. 사고력이란 내면으로 들어온 정보를 모아 자신에게 맞도록 재창조한 것이다. 상황의 의미를 새롭게 탄생시키고, 지식을 변형시켜 자신의 상황 논리에 맞춰 재단하고, 가공하는 과정이 일어나게 된다. 아이히만에게는 자신에게 주어진 상황에 대한 기본적인 사고가 결여되었던 것으로 보인다. 히틀러를 맹신하고 추종하는 것만이 자신의 사고이고 임무였다. 또한 자신의 안위 말고는 전혀 다른 사람을 생각하지 않는 기계적인 사고력을 가진 인물이다. 우리가 살아가며 가장 경계해야 할 사람의 유형이기도 하다.

독서는 인생의 깊이를 만들어준다. 깊이란 것은 종합적인 것이다. 단지 한 가지를 집요하게 파고드는 깊이가 아니다. 책을 읽을 때, 읽은 내용을 가지고 한 번쯤 깊어지는 시간을 가져야 한다. 자신을 깊이 성찰해보는 시간을 가져보는 것이다. 깊은 사유로 생긴 사고로 세계를 접해보면서 자신의 상황을 새롭게 해석하고 판단해 갈 수 있어야 한다.

## 연결고리를 찾아 의미를 재구성하라

책을 읽는다는 것은 문자를 해독하고, 책 속의 문장과 나 사이 상호작용으로 책 속의 내용이 내 것으로 되는 것이다. 《진짜 독서》에서 서정현은 말한다. "진짜 독서는 책을 덮는 순간부터라고 할 수 있다. 홀로 생각하는 시간이며, 사유하는 시간이다. 겉으로 드러난 형체를 통해 이면에 숨겨진 것들을 헤아려보고 깊이 생각하는 과정이다. 독서는 다른 세상과의 만남을 통해 의식의 자극으로부터 자신과의 연결 고리를 의식하면서 책을 읽으면 문맥에 맞춰 지식을 잘 꺼낼 수 있다. 또한 연결고리를 삶에 적용해 보고 그 안에서 의미를 재구성하게 된다. 책을 통해 나와의 연결고리를 찾아 의미를 재구성해야 한다는 것은 책을 통해 파악한 의미에 내 생각을 더해 의미를 재구성하는 것이다. 의미의 재구성으로 내면의 변화를 가져오게 하는 것이 독서의 본질이다." 생각은 다른 생각과 부딪혀봐야 비로소 한계를 깨달을 수 있다. 깊은 사유를 통해 기존 생각을 벗어나 새로운 생각이 접목되어 연상의 기반을 넓히게 된다. 그뿐만 아니라 같은 문제나 현상도 다른 생각으로 의미를 재구성하여 새로운 것을 만들어낼 수 있다.

《도덕경》 중 한 대목을 통해 자신과의 연결 고리를 찾아 의미를 재구성할 때 놓치지 않고 함께 사유해야 할 점을 짚어보고자 한다.

"배운다는 것은 지식을 강화하는 일입니다. 지식이 강화되면 자기 생각이 강해집니다. 자기 생각이 강해지면 무엇이 옳은지 그른지 확신이 커집니다. 확신이 커지면 문제를 일으키기 쉽습니다. 다른 사람의 생각이나 행동이 틀렸다고 판단하기 때문입니다. 갈등과 분쟁의 원인을 제공하는 것이 자기 확신 때문입니다."

어떤 상황에서나 '자기 확신'은 한 번쯤 생각해봐야 할 문제이다. 책을 통해 자기의 생각들이 쌓이면서 확고해진 생각들이 신념이 되고, 가치관이 되기 때문이다. 가치관은 어떤 상황의 문제를 판단하는 기준이 되어주고, 나의 체험을 통해서 증명하듯이 얻은 결론의 가치관이기에 의심의 여지없이 '예', '아니오'를 확실히 할 수 있게 한다. 여기에 함정이 있다. 독서 이전의 무지했을 때의 모습과 똑같은 행동을 하는 것이다. 하나의 통로로 하늘을 보는 것이다. 책을 통해 얻게 된 지식을 사유를 통한 정제의 과정을 통해서 얻은 결론의 생각이라 할지라도 융통성을 가지고, 다시 한 번 생각해 보아야 한다.

파시즘은 히틀러나 무솔리니의 문제만이 아니다. 파시즘은 우리

생활에 뿌리 박혀 있는 강한 편견과 차별일지 모른다. 또한 내 안에 있는 확고한 신념 중의 하나일 수 있다. 항상 어떤 것을 인식하고 사고할 때, 이성적이고 체계적으로 비판해야 함을 절실히 느끼게 된다. 지금도 내 안에 작은 파시즘을 만들고 있는지 모른다. 하나에 꽂히면 다른 것을 간과하는 성향의 내가 가장 경계해야 하는 점이다. 편견과 차별이 여기서 발생하고, 갈등과 불화, 전쟁의 시발점이 되는 것이다. 세상의 원리를 발견하고 눈을 뜨고 살기 위해서는 항상 깨어 있는 삶을 살아야 한다.

## 의식은 분화를 통해 성장한다

인간의 몸은 어느 시기가 되면 성장이 멈추지만, 정신만은 죽는 날까지 계속 성장할 수 있다. 책을 통한 의식의 변화는 죽을 때까지 이어질 수 있다. 책 속에서 얻는 하나의 깨달음이 사유를 거쳐 분화를 통해서 성장한다.

사카이 교수는 《뇌를 만드는 독서》에서 다음과 같이 말한다. "독서는 작가의 뇌와 자신의 뇌를 연결하는 일을 한다. 작가의 작품이라는 뇌 조각과 연결되므로 자신의 뇌에서는 수용하지 못했던 정보를 수용할 수 있게 된다. 평소 자신의 뇌를 타인의 뇌 조각에 달라붙기 쉬운 상태로 만들어둘 필요가 있다고 한다. 뇌에 무수히 많은 '훅'과 같은 장치를 만들어두면 외부에서 들어오는 타인의 뇌 조각이 쉽게 걸려들게 된다. 다시 말해 독서는 책을 쓴 사람이 곁에 없어도 그 사람의 뇌 조각을 자신의 뇌에 연결해주는 도구가 된다. 타인의 뇌 조각과 연결한다는 것은 다양한 관점들을 수용하는 것이며, 또한 많은 사유를 통해 만들어진 '훅'은 또 다른 것과의 연결을 촉진하는 역할을 하게 된다. '훅'과 같은 장치를 만든다는 것은 예민한 촉수와 다양한 수의 촉수를 의미한다. 이런 공간에서 사유가 깊어지고 넓어진다. 타인의 뇌 조각에 달라붙기 쉬운 상태를 만들어둔다는 것은 다양한 배경지식을 바탕으로 한 경험과 정보를 의미한다."

또한 이탈리아 소설가 이탈로 칼비노는 말한다. "생각의 질은 우리 각자의 배경지식을 바탕으로 달라진다. 우리가 읽는 모든 것은 지식의 저수지에 더해져서 모든 것을 이해하고, 예측하는 능력이 기반이 된다. 지식이 진화하려면 계속해서 배경지식이 추가되어야 한다. 배경지식과 분석적 사고를 통한 견제와 균형이 사라진다면 우리에게 주어진 정보의 질이나 우선순위가 정확한지, 다른 변수가 개입되었는지, 외부의 동기와 선입견이 개입된 것은 아닌지, 물어보지도 않은 채 정보를 받아들이는 위험에 처하게 된다."

독서는 다양한 관점을 가지고 유기적으로 읽어갈 때, 지금까지와는 전혀 다른 세계로 우리를 데려다준다. 어떤 지식도 그 자체로 독립해서 존재하는 것이 아니라 다른 지식과 관련을 맺으며 존재한다.

관련성을 의식하면서 책을 읽으면 거대한 지식 구조 안에서 각각의 생각들을 연결하여 생각을 할 수 있다. 독서는 자기 안에 지식 체계를 만들어가기 위한 과정이다. 따라서 한 권의 책을 어느 정도 읽은 후에 그 책의 내용을 더 큰 지식 구조 안에서 인식하고, 사유의 연결성을 가질 때, 신선하고 기발한 생각을 만들어낼 수 있다.

의식은 낯선 생각의 자극을 계기로 변화를 가져온다. 사유를 통한 의식의 변화는 하나의 깨달음으로부터 시작된다. 새로 얻게 된 생각은 생각의 자손들을 번식시키듯 하나는 둘로, 둘은 넷으로, 넷은 여덟 배로 사고가 분화되어 간다. 사고의 분화는 또 분화되고 분화되어 간다. 사유를 통한 과정에서 분화된 의식들은 통합을 이루게 된다. 통합된 새로운 의식은 다시 분화의 과정을 반복하며 재통합으로 새로운 의식을 만든다. 의식의 변화는 분화의 반복되는 과정에 재통합을 통해 의식을 발전시켜 간다. 이와 같은 '고도화된 의식'은 복합성을 공존시키며 서서히 나선 모양으로 발전해 간다. 재통합된 의식은 고차원적인 의식으로 우리 삶을 살아가게 한다. 독서의 힘은 사유의 힘을 끌어내고, 사유는 사고와 의식의 변화로 내적 성장을 끌어낸다.

# 독서는 생각 근육 강화제다

2021년 국민독서실태 조사를 위해 문화체육관광부에서 만 19세 이상 성인 6,000명과 초등학생(4학년 이상) 및 중고등학생 3,320명을 대상으로 '2021년 국민 독서실태'를 조사하고 그 결과를 발표했다. 조사 결과에 따르면 지난 1년간(2020. 9. 1.~2021. 8. 31.) 성인의 연간 종합 독서율은 47.5%, 연간 종합 독서량은 4.5권으로 2019년에 비해 각각 8.2%포인트, 3권 줄어든 것으로 나타났다. 성인들은 독서하기 어려운 가장 큰 이유로 '일 때문에 시간이 없어서'(26.5%)를 꼽고 다음으로 '다른 매체·콘텐츠 이용'(26.2%)이라고 응답했다. 2019년에 가장 큰 장애요인으로 꼽았던 '다른 매체·콘텐츠 이용'의 응답 수치가 다소 하락(2019년 29.1% → 2021년 26.2%)했지만, 학생들은 '스마트폰, 텔레비전, 인터넷 게임 등을 이용해서'(23.7%)를 가장 큰 독서 장애 요인으로 응답해 디지털 환경에서의 매체 이용 다변화가 독서율 하락에 영향을 주고 있는 것으로 파악됐다.

우리나라 국민의 독서 시간과 독서량의 부족은 점점 낮아지고 있으며, 독서의 중요성을 체감하지 못하는 사람들의 비율이 높아져 가는 것이 현실이다. 사람들은 몇 시간을 공들여 한 권의 책을 읽지 않는다. 인터넷, 유튜브, SNS와 같은 매체로 책을 읽지 않아도 시청각적으로 자극을 받으며 불과 몇 분 만에 책의 내용을 이해할 수 있는 다양한 콘텐츠들을 선호한다. 이제 책은 다른 책들과 경쟁하는 것이 아니라 훨씬 발전한 콘텐츠들과 경쟁하는 시대가 되었다.

## 생각 근육(독서력)을 키운다는 것

새로운 정보를 받아들인다는 것은 우리의 뇌 속에 작은 씨앗을 뿌리는 것이고, 이 씨앗이 또 다른 독서를 통한 정보를 통해 자극되고, 사고가 확장되는 과정이다. 《독서력》의 사이토 다카시는 "독서는 머리로 하는 것이 아니라 지금까지 누적된 독서의 양으로 한다. 독서력이 있는 사람은 짧은 시간에 정확하게 밑줄을 그어나갈 수 있고, 책 한 권을 빨리 읽는 기술이라기보다는 내용을 정확하게 파악하는 효율적인 기술"이라고 한다. 독서력이란 책을 읽고 생각을 정확히 이해하는 능력과 동시에 사고력, 논리력, 추리력, 상상력, 통찰력 등을 포함한다. 자신의 한계라고 여겼던 범위 밖으로 사고를 심화 확장하는 일이고, 경험과 이성적인 방법으로 문제를 풀어가기 위한 추리와 논리력을 높이는 것이다. 그래서 책을 읽는 동안 생각하지 않고 읽을 수가 없다.

책은 보물을 담고 있다. 그러나 독서력이 있어야 보물을 찾아내고 획득할 수 있다. 독서력은 단순히 책을 읽는다고 나오지 않는다. 생각 근육을 단련하기 위해서는 자신이 관심 있는 주제를 가지고, 거기에 대해 의식이 깨어 있어야 한다. 또한 자신을 읽고 타인을 읽고 세상을 읽는 힘이 있어야 한다. 독서력은 사고력, 논리력, 통찰력, 통섭력을 막강하게 뒷받침하기에 궁극적으로 행복한 삶의 원동력이 된다. 생각의 근육을 단련시키기 위해서는 시간적 투자와 의지력 및 근육단련 방법이 필요하다. 생각 근육을 키우는 방법은 부위별 근육을 키우듯이 개별적 · 부분적이 아닌 유기적이고 총체적인 의식 활동이다.

음식을 섭취할 때 영양소와 칼로리를 따지듯 책을 읽을 때도 정신 건강을 위한 좋은 음식을 골고루 섭취해야 정신을 올바르게 유지할 수 있다. 어떤 영양소와 칼로리를 균형 있게 섭취함으로 근력이 생기듯이, 살아 숨 쉬는 책을 발견할 수 있는 독서력이 필요하다. 독서력에 관한 책을 읽는다고 책을 읽는 힘이 생기지는 않는다. 얼마나 열심히 책을 읽고, 사색을 하느냐에 따라서 독서력이 생긴다. 때가 되면 암탉이 알을 낳듯이 독서도 안으로 쌓이면 절로 독서력이 쌓이게 된다. 독서력이 쌓이므로 힘든 세상을 견뎌낼 힘이 되고, 세상을 이끌어갈 수 있는 힘이 생긴 것이다. 세상을 살아가는 데 필요한 힘을 비축하여 구를 수 있는 작은 돌이 되어야 한다.

'독서력이 있다'는 것은 우선 거부감 없이 책을 읽을 수 있고, 일상에서 자연스럽게 읽는 습관을 지닌 것을 말한다. 독서는 지식을 통해 사고를 성장시키기 위해 필요한 것이다. 이 핵심에는 '사고력'이 자리하고 있다. 즉, 생각 근육을 키운다는 것은 사고하는 능력을 성장시키는 것이다. '생각하기'라는 주제에 들어가기 전에 뇌의 사고(思考) 메커니즘을 살펴본다.

《뇌를 읽다》에서 프레데리케 파브리티우스는 말한다. "수천억 개의 신경세포 다발로 이루어진 인간의 뇌는 틀림없이 진화가 이루어낸 최고의 걸작이다. 뉴런이라고도 불리는 각각의 신경세포는 이른바 시냅스를 통해 수천 개의 다른 신경세포들과 연결되어 있다. 뇌과학자들이 말하기를 인간의 뇌는 이른바 '작은 세상 효과'가 적용되어서 여섯 단계만 거치면 1천억 개 신경세포 대부분에 도달할 수 있다고 한다. 독서를 자주 하고 오래 하게 되면, 우리 뇌는 같은 시간 동안 많은 일을 할 수 있게 된다는 것이다. 일단 문법을 완성케 해주는 우뇌의 각 영역이 활성화되고, 추가적으로 소뇌와 우측반구를 포함한 측두엽, 두정엽의 광범위한 영역까지 활성화된다. 초보 독서가의 경우에는 언어 이해의 필수적인 베르니케 브로카 영역 위주로 활성화되지만 숙련된 독서의 단계에 이르면 뇌 자동화의 영역과 운동의 영역까지 활성화된다." 결국 독서로 인해 뇌가 훈련된 사람들은 초보 독서가 보다 더 많은 뇌 영역을 활용할 수 있다는 것이다. 그 결과 정보처리 속도와 학습 능력도 더 향상된다. 뇌 과학 측면에서도 독서를 많이 할수록 신경세포의 발달로 인하여 독서력을 키우는 데 유리함을 증명해주고 있다.

지금은 대학 입학시험으로 '수학능력시험'을 치르지만, 과거에는 '학력고사'였다. 즉 책에서 배운 내용의 지식을 묻는 시험이었다고 할 수 있다. 하지만 수학능력시험은 획득한 지식이 아니라 사고력을 보기 위한 시험이다. 지식만으로 되는 것이 아니라, 생각해야만 풀 수 있는 시험이다. 생각하는 사람을 사회가 요구하고 있기 때문이다. 2012년도 하버드대 로스쿨 입시시험 문제이다.

당신 자신(당신의 배경, 당신의 생각)에 대해 쓰시오.
나는 누구인가?
내가 알고 있는 것은 무엇인가?
나는 무엇을 확실히 알고 있는가?

시험이라고 보기에는 너무 막연하지 않은가? 도대체 무엇을 묻기 위한 것인가? 곰곰이 생각해본다. 로스쿨 학생들은 법을 다루고 재판해야 하는 사람들이다. 즉, 쌓인 지식이 필요한 것이 아니라 그 지식을 운영해갈 수 있는 능력이 필요한 것이다. 즉 논리로 설득할 수 있는 전략적인 사고로 문제를 해결하기 위해 고차원적인 사고력이 필요한 것이다. 이 문제가 요구하는 것은 독서를 통한 자아의 발견으로 자신의 정체성을 가지고 자신에게 맡겨진 일을 어떤 사명을 가지고 해나갈 수 있는가를 묻는 것이다. 자신의 지식과 경험을 토대로 형성된 사고력을 보고자 한 것이고, 삶의 의미와 가치를 보고자 한 것이라 생각이 든다. 이제는 단답형의 지식을 묻지 않는다. 현실에 주어진 문제를 해결하기 위한 사고력을 요구한다.

## 독서를 통해서 경험을 확인하라

책을 읽는다는 것은 단어를 따라가는 행위가 아니다. 책을 펴고 그 안으로 들어가기 위해서는 한글을 깨쳐야 하는 것 이전에 체험이 필요하다. 독서를 위한 최소한의 조건은 글이 아니라 선체험이다. 우리는 책에서 무언가를 배운다고 생각하지만 실제로는 그 반대다. 우리가 앞서 체험한 경험이 책을 통해 정리되고 이해되는 것이다. 인간이 살면서 축적한 지식과 기술 및 경험의 모든 것은 뇌의 어딘가에 잠재되어 있게 된다. 그러다 어떤 현상과 마주하게 되면서 뇌는 마구 뒤섞이다가 떠오르기 시작할 때, 순식간에 서로 연결되어 회로를 형성하게 된다. 그것들을 마음이나 생각의 형태로 품게 된 것이 수면 위로 떠오르면서 생겨나는 것이다. 우리의 뇌 안에 가라앉아 있는 지식과 기술, 경험의 조각을 연결하는데 필요한 매개체가 여러 방면으로 연결되어 상상하게 한다. 그때 매개체가 바로 독서이고 다양한 체험이 되는 것이다.

책을 통해 자기의 경험을 확인하고, 다른 사람과 공유하게 되면 사고의 깊이와 넓이가 더해진다. 중국의 임어당은 《생활의 발견》에서 독서의 깊이와 체험에 대해 말하고 있다. "청년이 책을 읽는 것은 문틈을 통해서 달을 바라보는 것이고, 중년기에 책을 읽는 것은 자기 집 뜰에서 달을 바라보는 것과 같고, 노년기에 책을 읽는 것은 창공 아래 노대에서 서서 달을 바라보는 것과 같다"라고 말한다. 독서의 깊이가 체험의 깊이에 따라 변한다는 것을 말한다. 공부하는 가장 좋은 방법은 내가 직접 해보는 것이다. 독서력을 강화하는 가장 좋은 방법은 독서를 통해 얻은 것을 자신이 체험해보는 것이다. 그러나 모든 것을 체험할 수는 없다. 가능한 범위 내에서 독서를 통해서 자신이 체험한 바를 확인해봄으로써 피부에 느껴지는 민감도와 흡수도가 달라지며 생경하게 살아있는 독서가 된다.

독서를 통해 자신이 체험한 일의 의미를 확인하는 것은 책을 읽고 자신과 같은 생각을 하는 사람이 또 있다는 사실을 깨닫는 것이다. 자신이 체험을 통해 어렴풋이 알고 있던 의미가 독서로 분명해지는 경우가 있다. 체험 속에서 떠올린 생각이나 느낌이 바탕이 되어, 생각이 깊어지고 넓어져 가는 것이 독서력이다. 더불어 책을 마음으로 깊이 느끼며 읽을 때, 감동과 전율이 크다. 감동이 크다는 것은 다른 때와 달리 깨달음의 요소가 많아지고, 더 깊이 공감한다는 것이다. 독서를 통해 자기의 경험을 확인해봄으로써 책을 통한 간접경험을 현장감이 살아 있는 독서로 만든다.


## 독서도 기술이다

독서를 처음 시작할 때는 아직은 생각 근육이 없기에 근육 운동을 덤벨 1kg부터 들고 천천히 시작해야 한다. 점차 덤벨의 무게도 늘려가면서 지속적이고 꾸준히 반복해야 근력이 생긴다. 어떤 분야의 달인이 되는 과정을 생각해보자. 오랫동안의 숙달을 통해 달인이 탄생하는 것이다. 부담 없이 시작하고 숙달되기 위해서는 천천히 느리게 재미있게 가야 한다. 계속 가면 근육이 생긴다. 점점 어휘력, 독해력, 이해력이 향상되고 읽는 속도도 빨라진다. 독서에 투자한 시간만큼 독서 근육이 생긴다.

독서는 뇌를 쓰는 운동이다. 글자를 읽어가면서 정보를 받아들이고 가공해서 내 것으로 만드는 고도의 두뇌 활동이다. 이런 두뇌 활동이 하루아침에 이루어지는 것은 어렵다. 처음 운동을 시작할 때, 조금만 무거워도 힘들지만, 운동을 꾸준히 할수록 근력에 생기면서 점점 무거운 것도 들어 올릴 수 있게 된다. 독서도 마찬가지다. 처음에는 읽는 속도나 내용을 이해하는 속도도 느리지만 꾸준히 해 갈수록 독서 근육이 생겨 어려운 책도 쉽게 읽을 수 있다. 신체운동을 많이 할수록 체력이 좋아지는 것처럼 독서를 통해 사고가 깊어지고, 확장되면서 생각 근육이 발달하게 된다. 신체 근육을 발달시켜서 모두가 올림픽에서 금메달을 따는 것은 아니다. 그렇지만 어떤 위험한 상황에서 날랜 몸놀림으로 위기 상황을 피하듯 자신을 보호할 수 있게 한다. 마찬가지로 생각 근육은 어려운 상황에 부닥칠 때, 자기만의 판단 기준을 가지고 중심을 잡아가며 앞으로 나아가게 한다.

책은 제자리에 있다. 책을 내게 가져오려면, 내 마음속에 책을 끌어당길 수 있는 자석이 필요하다. 그 자석이 바로 문제의식이나 위기의식이다. 두 가지의 의식이 있고 없음에 따라 똑같은 책이라도 끌어당기는 힘이 다르고, 끌어당긴 후에 책을 읽고 내면에서 소화하는 강도가 다르다. 누가 어떤 책을 읽든 독서에서 가장 중요한 점은 독자가 어떤 문제의식이나 위기의식, 목적의식을 갖고 책을 읽느냐이다. 위기의식을 갖고 효율적으로 읽을 때, 문제 해결의 방법을 찾을 수 있다.

책을 읽을 때, 지금 읽고 있는 내용과 입력된 정보를 그룹으로 만들어 머릿속에 주제별로 물건을 정리하듯 차근차근 정리한다. 기존에 자신이 지닌 배경지식을 꺼내어 지금 읽고 있는 내용과 비교해 본다. 보충하거나 삭제, 수정하면서 지식을 재조정한다. 주제별로 그룹을 지어 하나로 떠올릴 때, 관련된 내용들이 나올 수 있도록 연결하여 정리한다. 기존에 알고 있는 지식과 지금 새로 얻은 지식을 비교하면서 구분짓고, 재구조화도 하다 보면 머릿속에서 지식을 다루는 능력, 즉 독서근육이 길러진다. 오늘 읽은 책이 내일 읽을 책의 배경 지식이 된다. 독서했던 시간은 사라지는 것이 아니라 축적된다. 배경 지식의 차이는 새로운 정보를 받아들이는 수용력과 정보를 재가공하는 능력에 있어서도 확연한 차이를 만든다. 배경지식의 차이는 독서량과 시간, 독서 방법에서 차이를 만든다. 독서의 양과 시간은 많을수록 독서력이 향상된다. 여기서 주의해야 할 것은 단단한 배경지식을 만들기 위해서는 정독해야 한다는 점이다. 정독은 내용을 충분히 파악하며 읽는 것으로 독서의 근육을 만드는 기초가 된다.

## 독서력은 세상을 바꾸는 힘이다

윤태익의《나로부터 비롯되는 변화》중에서 "책을 읽고 무엇이 좋았는지 묻는다면 하나를 알고, 둘을 알아갈 때, 지식이 창고에 쌓이는 것 같았다. 책의 의미를 삶의 경험과 빗대어 일치하는 점을 발견할 때 뿌듯함이 있었다. 책 속의 내용을 사유하며 따져보고, 마침내 수긍하면서 얻게 되는 하나의 문장은 내 사고의 토대가 되고 하나의 사유가 또 다른 사유를 불러왔다. 뿌리 내리고 가지를 뻗고 잎들을 매달고, 사유의 결론을 내 삶에 적용할 때, 나의 나무엔 꽃이 피고 열매가 맺는다. 사유의 깊이와 확장은 또 내년에 올 봄을 위해 비옥한 토양이 되어준다. 그렇게 한 해 한 해가 지나면서 나의 나무는 어떤 폭풍우에도 뿌리 뽑히지 않고, 어쩌다 가지가 꺾일 수는 있지만 꺾인 자리엔 다시 새싹이 돋히며, 큰 나무가 되어 갈 것이다. 비바람 내리치는 날에 누군가의 비막이 바람막이가 되어 줄 수 있고, 많은 새와 벌레들의 서식처가 되어주는 나무가 될 수 있다"라고 말한다.

우리가 책을 읽어야 하는 이유는 너무도 많다. 책은 우리에게 사회적으로나 경제적으로나 물질적인 보상은 가져다주지 못하지만 다른 사람의 경험을 바탕으로 자기 내면을 들여다보며 자아를 찾고 스스로를 갈고 닦아 자아 확장과 더불어 자신의 삶을 개척하며 살아가게 한다. 독서는 독단에 빠지는 것을 방지하고, 지혜롭게 앞으로 인생을 살아가는 데 나아갈 방향을 알려준다. 또한 다양한 인간상을 만나면서 인간답게 살아가는 것을 배우게 되며, 인간을 깊이 이해하고, 궁극적으로 행복을 추구하며 살아가게 하는 역할을 한다. 이뿐이겠는가! 독서의 이유를 말로 설명하는 것보다 먼저 책을 보라, 그러면 독서해야 하는 이유를 발견하게 될 것이다.

일본과 한국의 역사를 통해서 독서의 이유를 알아보고자 한다. 1910년 이전만 해도 일본은 독서를 즐겨하지 않았던 나라였다. 그러나 정부 차원에서 상상할 수 없었던 일을 시작했다. 1910년부터 일본은 본토에 4천 개의 공공도서관을 건립하기 시작했다. 그와 반면 일제 강점기에 우리나라에는 생색을 내기 위해 한두 개의 도서관을 건립한 것뿐이었다. '일본의 의도는 무엇이었을까?' 그들은 조선의 영광과 위대한 문화의 찬란함에 대한 열등의식을 가지고 있었기에 식민교육을 통해 우리를 노예로 전락시키려고 했다.

19010년 일본이 독서 국가로 탄생하기까지 일본을 만든 두 권의 책이 있다. 후쿠자와 유키치의 《학문을 권함》과 《새무얼 스마일즈의 자조론》이다. 후쿠자와 유키치는 "하늘은 사람 위에 사람을 만들지 않았다."라고 말하며 누구든지 책을 읽고 공부하면 된다는 의식을 불러일으켰고, 새무얼 스마일즈는 "부와 행복은 제도나 국가가 아니라 오로지 개인의 노력과 근면으로부터 나온다"라는 자조론을 내세우며 일본을 독서 강국으로 만들었다.

2012년과 2018년은 각각 '독서의 해'와 '책의 해'로 선정되어 다양한 프로그램이 마련되었으나 관심 있는 사람 외 대부분의 사람들은 이 사실을 인지하지 못했다. 모두 1년이라는 한정된 시간 속에서 진행되었다. 많은 사람의 인식을 바꾸기에는 역부족인 시간이었다. 책에 대한 인식 변화와 독서 문화 정착을 이끌어내기에 단 1년이라는 시간은 너무나도 짧았다. 독서력을 키우기 위한 장기적인 계획에 따라 단기 계획들을 달성해가는 거시적인 안목의 필요성을 절실히 느끼게 된다. 무엇보다 시급한 것이 독서운동이 아닐까? 뒷전으로 미루어지고만 있어 안타까울 뿐이다.

독서력은 세상을 바꾸는 힘이다. 진정한 독서는 한 개인의 자아를 형성시키며, 마음과 생각 근육을 단련시키게 한다. 형성된 근력은 어려운 상황에서도 희망을 꿈꾸게 하고, 걸림돌이 되는 것을 디딤돌로 바꾸는 힘을 제공한다. 포기하지 않고 다시 일어서는 힘을 준다. 책이 주는 감동은 한 사람의 감동으로 끝나지 않고, 다른 이의 심장과 연계가 이루어지고 그 파동은 확장되기 시작한다. 책은 나에게서 너에게로, 마침내 집단으로 연대를 구축하며 세상을 움직이는 강한 힘이 된다.

# 독서는 자아개발제다

세상에 던져진 이유도 모른 채 우리는 던져졌다. 던져진 곳에서 눈을 뜨게 되었다. 호랑이로 눈을 뜬 존재는 호랑이로 살게 되었고, 바다에 던져진 물고기는 물고기로 살게 되었으며, 하늘을 나는 참새는 새로 눈을 떴기에 새로 살아가고, 땅속의 지렁이는 지렁이로 살아가게 되었다. 인간 또한 인간으로 눈을 떴기에 인간으로 행동하며 살아가게 되었다. 이유도 모른 채 받은 생명을 이어가고, 이유도 모른 채 때가 되면 돌려줘야 하는 것이다. '알고 싶지 않은가?' 무슨 이유로 이 세상에 눈을 떴으며 '나'라는 존재는 무엇을 위해 살아야 하는가 하는 질문을 할 수밖에 없다. 존재 이유에 살아야 할 이유가 있다. 독서는 그 '나'라는 존재의 이유를 알게 하고, 삶의 이유를 찾아 나답게 살아가는 길을 알려준다.

"나답게 사는 것이 가장 아름답다"라는 말에서 '아름답다'는 '자기답다'를 뜻한다. 자기 존재답지 못하게 살아가는 것은 공허한 삶이다. 아무리 많은 것을 가지고 성공을 한다 해도 삶이 공허하다면, 자기다운 모습에서 소외된 채 나다운 삶을 살고 있지 않다는 것이다. 당신은 당신의 존재 이유를 알고 있는가? 진정한 자신과의 만남이 있었는가? 만나고 싶지 않은가? 나는 나만의 고유한 별, 운명의 별을 꼭 찾고 싶었다.

## 존재 이유가 삶의 이유다

자아정체성이 없는 사람은 어떤 바람에도 흔들리게 된다. 자아형성이 제대로 되지 않으면 사람들이 던지는 자극에 쉽게 흔들린다. 자신이 누구인지 모르고 어떤 삶을 살아가야 하는지 모르기 때문에 흔들리는 삶을 살게 되며, 마음의 평안을 유지하기가 힘들다. 바람에 흔들리던 나무가 다시 일어설 수 있는 것은 뿌리의 힘 때문이다. 주체적으로 산다는 것은 땅에 뿌리를 박고 '내가 나로서 살아가는 삶'을 말한다. 우리는 세상이 강요하는 행동과 나답게 살기 위한 행동 사이에서 갈등을 겪게 된다. 세상이 강요하는 행동을 선택한다면 당장 일상은 무사하겠지만, 살아갈수록 내 삶이 내 것이 아닐 때, 내가 의도하는 방향으로 흘러가지 않을 때 다시 방황이 시작된다. 자기다움으로 내면에서부터 발원하는 빛이 드러나는 삶을 살기 위해서는 '나'의 존재 이유를 알아야 한다.

시골 보건진료소 관할지역에 작은 항구가 하나 있다. 처음 발령 받아 왔을 때부터였을까? 사계절 내내 붉은 녹물을 토해내며 항구에 묶여 있는 배였다. 원자력발전소가 옆에 있어 보상 문제로 배를 항구에 묶어둔 것이었다. 이십 년 동안 바다로 나가보지 못한 채 녹슬어버린 배를 보면서 생각에 잠겼다. 배는 바다를 항해하기 위해서 만들어진 것이다. 그런데 본분은 잊혀지고, 보상받기 위한 명분으로 항구에 묶여 있어야만 했다. 이런 '배'를 '배'라고 할 수 있겠는가? 배가 아니다. 배는 바다로 나가야 한다. 존재 이유는 삶의 이유이니까.

'우리는 우리의 존재 이유에 충실하게 삶을 살아가고 있는 걸까?' '항구에 묶여 있는 배처럼 살아가는 것은 아닐까?' 본질이 사라지고 편리와 이익에 따라 살아가게 된다는 것은 되려 자연의 순리를 역행하는 것이다. 무질서로 인한 혼란으로 생물들이 살아가는 생태계가 위험해질 것이다. 모든 만물이 본질적 속성에 맞게 살아가야 자연의 질서가 유지될 수 있는 것이다.

존재 이유를 제대로 알고, 자기의 삶을 찾고, 자기 길을 개척해나가는 데 삶의 이유가 있는 것이다. 나 또한 안일함으로 이십 년 동안 항구에 묶여 있는 배는 아니었는지 질문을 던져본다. 인간이 인간답다는 것은 자신의 존재 이유로 삶을 살아간다는 것이다. 이런 삶을 살기 위해서는 깨어 있어야 한다. 깨어 있지 않은 영혼은 관 속에 누워 있는 것이나 마찬가지이다. 깨어 있어야 제대로 보고, 느끼며, 행동할 수 있는 것이다. 모든 살아 있는 생명체는 자기만의 삶의 답을 가지고 있다. 저마다 살아가는 이유와 지금 살아남은 자신만의 전략이 있다. 자기만의 답이란 남과 비교할 수 없는 나만의 생존 방식이자 내가 앞으로 살아가야 할 삶의 방식이다. 그냥 그렇게 존재하는 생명체는 아무것도 없다. 내가 살아 있는 이유는 밖에 있지 않고 내 안에 있다.

## '나만의 고유한 별' 찾기

"한 사람, 한 사람의 삶은 자기 자신에게로 이르는 길이다. 일찍이 어떤 사람도 완전히 자기 자신이 되어본 적은 없었다. 누구나 자기 자신이 되려고 노력한다. 어떤 사람은 모호하게, 어떤 사람은 보다 투명하게, 누구나 그 나름대로 힘껏 노력한다."

– 헤르만 헤세의 《데미안》

인생은 숨겨진 보물을 찾아가는 과정이다. 보물을 찾기 위해 저마다 누리고 가꿀 수 있는 한 가지 이상의 숨겨진 재능이 있다. 우리 안에 깊이 잠들어 있는 거인을 깨워야 한다. 내 안에 숨은 또 다른 나를 일깨워야 한다. 신은 인간에게 우주를 비롯해 세상을 볼 수 있는 눈과 타인의 마음도 볼 수 있는 눈을 주셨다. 그러나 자신의 마음을 볼 수 있는 힘은 쉽게 허락하지 않으셨다. 그래서 우리는 내면의 자신을 비춰주는 그런 도구를 찾아야 한다. 그것이 바로 책이다. 내면을 본다는 것은 자신을 발견하고 정체성을 찾아가는 것이다. 나를 깊이 들여다볼수록 자신의 욕망과 본연의 모습을 발견할 수 있다. 책은 자신이 누구인지, 무엇을 하고 있으며, 무엇을 하며 살아야 가장 행복한지를 비추어 보여주는 마음의 거울이다. 책을 통해 자신을 되돌아보며 '자신만의 고유한 별'을 찾아야 한다.

'나만의 고유한 별'의 존재를 일찍 알지 못했다. 책을 통해 모두에게 '나만의 고유한 별'이 존재한다는 것을 알았고, 그에 대한 해답을 찾으려고 했다. '나를 도대체 어디서 찾지?' 막연했다. 우선 내가 가진 여러 성향의 공통점을 찾아보기로 했다. 내가 가장 잘하는 것과 가장 하고 싶은 것이 무엇이고, 내가 나답게 살기 위해 필요한 것이 무엇인가에 대해 고민하게 되었다. 막연한 질문의 답을 찾아 헤매다 '나에게만 있는 고유한 별'을 찾게 되었다. 자신의 고유한 별을 찾았다는 것은 자기가 자기로 존재하는 경험을 할 수 있는 것이고, 내가 참나(眞我)답게 살아갈 수 있는 것이다.

'나다움'이란 어떤 것으로도 대체할 수 없는 나만의 독창적인 색깔이고, 무기이다. 지금의 나는 어떤 과정을 거치고, 어떠한 이유로 이러한 삶을 살게 된 것일까? 내가 추구하는 이상은 무엇이며, 무엇에 가치를 두고 살고 있는가? 이러한 질문을 통해 그에 따른 해답을 찾아야 한다. 그것이 바로 독서이다. 독서는 자기 삶에 대해 깊은 성찰의 시간을 갖게 하고, 성찰은 곧 자기가 누구인지 알게 되는 각성의 시간으로 이끈다. 또한 성찰은 자신의 잠재의식을 자극하여, 자신이 누구인지, 무엇을 하며 살아왔는지, 그 시간은 의미 있는 시간이었는지, 앞으로 무엇을 하고 살 것인지, 어떻게 살고 싶은지 등을 끊임없이 생각하는 기회를 준다. 책에 담긴 생각들이 나를 비춰주는 거울 역할을 하게 된다. 자아와 마주하지 않는 독서는 결코 자신의 변화를 가져올 수 없다.

나다움을 찾는다는 것은 숨겨진 나의 별을 찾는 것이다. 자기 존재 이유를 찾는다는 것은 자기 삶의 이유를 찾는 것이다. '나는 누구인가?'라는 질문과 함께 내 생각과의 차이, 환경의 차이, 결핍의 이유, 변화되어야 할 것 등을 찾아내려는 노력으로 내가 누구인지를 알고, 나만이 느끼는 특별한 기쁨을 주는 일이 무엇인가를 찾아 자신의 길을 개척하게 된다. 여기에 뚜렷한 목표 의식이 더해지면 소신을 갖게 되고, 삶의 열정으로 소명을 가지고 살아가게 된다. 책을 통한 인식은 다름 아닌 자기 안의 상태를 알아가는 것을 의미한다. 그러면서 내면의 세계를 견고하게 흔들림 없이 무너지지 않는 자아를 지켜가는 것이다.

## 풀의 꽃

꽃의 꽃은 저택의 정원에서 피어납니다
풀의 꽃은 메마른 박토에 벅찬 가슴으로 피어납니다
꽃의 향기에 벌과 나비가 날아듭니다
풀꽃 향기엔 개미와 진딧물의 지독함이 있습니다
풀꽃은 비바람에 눕지 않으려고
버티고 버티다 맺힌
이슬 눈물로 피어난 꽃이기에 더욱 아름답습니다


## 나를 찾아가는 연금술

《연금술사》에서 파울로 코엘료는 나다움을 찾아가는 여정을 '연금술'에 비유한다. 책에 따르면 연금술이란 만물을 움직이는 원리이며, 그것은 '만물의 정기'이다. 사람은 무언가를 진심으로 바랄 때 만물의 정기에 가까워지는 법이다. 또한 연금술은 모두 자신의 보물을 찾아 전보다 더 나은 삶을 살아가는 것으로, 만물의 정기란 신의 정기의 일부이며, 신의 정기는 곧 자신의 영혼이다. 사람들은 저마다 자기 방식으로 배우기 때문에 저 사람의 방식과 나의 방식이 같을 수는 없다. 하지만 우리는 제각기 자아의 신화를 찾아가고 있다. 만물에는 저마다 자아의 신화가 있고, 그 신화는 언젠가 이루어진다. 우리는 모두 더 나은 존재로 변해 가고, 새로운 자아의 신화를 만들어 간다. 만물의 정기가 진정 단 하나의 존재가 될 때까지 말이다. 만물의 정기를 키우는 것은 바로 우리 자신이다. 그리하여 "그대의 보물이 있는 곳에 그대의 마음 또한 있다."

연금술의 비밀은
너만이 손댈 수 있고
너만이 변화시킬 수 있어
네가 너를 규명하는 것이
바로 연금술이야

세상 만물은 한 가지라도 당신이 무언가를 간절히 원할 때 온 우주는 당신의 소망이 실현되도록 도와준다.

톰 래스와 도널드 클리프턴의 《위대한 나의 발견★강점혁명》을 읽었다. 내게 잠들어 있는 '고유한 별'의 정체를 알고 싶었다. 이 책을 통해 나의 강점들과 단점들을 기록해 보고, 6가지 키워드로 분류를 해보았다. 강점을 토대로 한 나는 '지적 갈망이 크고, 내적 성장을 위한 배움을 좋아하며, 열정을 가지고 적극적으로 살아가는, 독서와 글쓰기를 통한 자아실현을 꿈꾸는 사람이다'라는 정의를 내리게 되었다. '나에게 특별한 기쁨을 주는 일이 무엇인가?'에 대한 답을 찾아갔다. 어린 시절 기억부터 지금까지 행동의 패턴과 성향 분석을 해 보면서 가장 재미있어 하고 좋아하는 것을 발견했다. 책을 좋아하지는 않았지만, 책을 읽고, 좋은 문장을 노트에 기록하기 좋아했고, 대체로 요약정리를 잘했다. 요약한 내용을 가지고 일목요연하게 설명할 때 뿌듯함을 많이 느꼈던 기억이 떠올랐다. 나에 대한 구체적인 발견이었다.

'그럼 어떻게 살고 싶은가?'라는 질문을 하게 되었다. 책을 통해 얻은 지식을 바탕으로 내 생각을 글로 쓰고 싶었다. 글을 쓰고, 책을 쓰고 싶어 하는 열망을 가진 나를 발견하게 되었다. 성찰의 시간을 통해서 '내가 누구인가'를 정의할 수 있게 되었고, 앞으로 내가 해야 할 일이 무엇인지를 알았다. 그리고 좋아하는 일을 어떻게 구체적으로 하면서 살아갈 것인가를 고민하게 되었고, 갈망하던 것을 이루어 낼 수 있다는 기대감에 가슴이 뛰고 있었다. 내가 독서를 통해 알게 되고, 변화된 모습들을 진솔함을 담아 글로 써 보고 싶다는 욕망이 있었기에 지금 이렇게 글을 쓰고 있다. '그래, 이젠 내가 가진 재료를 가지고 '나다운 꽃', 설령 그것이 못난이 꽃일지라도 피워보고 싶다는 열망이 타오르고 있었다. 내 삶에 의미를 부여하고, 내 영혼의 색깔로 나만의 꽃을 피우겠다고 다짐한다. 나에게 있는 '나만의 고유한 별'을 발견했고, 그 별에 이르는 연금술을 찾게 된 것이다.

책에서 읽어내는 모든 것들이 유용한 도구가 되었다. 지금 당장, 내 삶을 버리고 고통받는 이들에게 달려갈 수는 없었다. 주어진 여건과의 타협점을 찾아야 했다. 먼저 내가 찾은 것은 시골진료소를 찾는 힘들고 아픈 분들께 나의 작은 능력으로 따뜻한 마음이 되어 보겠다는 것이었다. 작지만 사랑이란 마음을 공감으로 나누는 것이었다. 보잘것없지만, 그것들을 글로 쓰고 함께 나누면서 나만의 방법으로, 내 토큰을 가지고 내 티켓을 찾아가는 여정에 있는 것이다.

우리는 백사장의 모래알이 아니다. 하늘에 떠 있는 수많은 별이다. 그 많은 별이 빛을 낼 수 있는 것은 존재 이유를 찾았기 때문이다. 별은 빛을 내는 것으로 만족하지 않고, 스스로 빛을 내는 동시에 다른 별을 비춰준다. 별들은 그렇게 연결되어 서로가 서로에게 비춰주어 더욱 빛날 수 있는 것이다.

# 독서는 힐링·안정제다

　세상일로 머릿속이 복잡해지고 불안으로 신경이 예민해질 때면 서점으로 달려가 몇 권의 책을 골라보자. 마음에 당기고 읽힐 것 같은 책을 읽어보자. 책에 빨려들게 되면 마음의 불안은 점차 가라앉고, 먹구름은 조금씩 걷히게 될 것이다. 당신의 내면을 가득 채우고 있던 엉킨 실타래가 풀리는 것은 언어가 가진 정화의 힘 때문이다. 책을 통해 전해오는 말과 자기 안에 들려오는 내면의 말이 조율되면서 당신 앞에 놓인 힘든 길에 용기를 갖고 들어서게 될 것이다.

　독서는 어쩔 수 없는 과거의 아픈 기억도 소중한 내 삶의 일부임을 받아들이고 거기서 새로운 메시지를 찾게 한다. 또한 우리가 간직하고 있는 모든 상처와 아픔과 시련과 고통을 해석해 줄 수 있으며, 따뜻한 위로의 말로 힘과 용기를 주기도 한다. 격한 감정이 녹아들게 하는 힐링제이며, 통증을 완화시키는 안정제 역할도 한다.

## 독서는 고독을 감싸 안고 둥지를 짓는다

'인간은 고독하다. 독서의 본질은 고독과의 싸움이다.'

사람들은 타인과 이어져 있으면 피곤하다고 말하면서도 끊임없이 타인과 있으려 하고 혼자 있으면 초조해한다. 관계 중독의 전형적인 예다. 얕은 유대 관계는 마음으로 이어진 것이 아니기에 혼자가 되면 늘 불안함에 휩싸인다. 가벼운 농담이나 이야기를 공유할 뿐 진짜 고민을 공유하는 것은 아니다. 껍데기에 불과한 유대 관계를 맺어도 마음으로 이어진 관계가 아니라면, 혼자 남겨졌을 때, 외톨이가 된 것 같은 초조함이 다시 찾아올 뿐이다. 초조함이 다가오면 또다시 다른 사람을 찾아 함께하려고 하거나 SNS 세계로 들어가 사람들과 이어지려 한다. 외로움이나 고독은 마음이 외부를 향하고 있다는 것이다.

'외톨이가 되지 않을까?' 하는 불안감과 소외감이 고독을 부정적으로 생각하게 한다. 타인이나 사회로 향하는 고독은 불안과 외로움을 의미하지만, 내면의 세계로 향하는 고독은 진정한 자유를 의미한다. 책을 모르고 독서의 즐거움을 모르는 사람은 독서 자체를 외로움으로 치부한다. 독서는 고독을 가장 멋지게 즐길 수 있는 방법 중에 하나다. 독서가 주는 유익 중에서 가장 위대한 것은 자유를 얻는 것이다. 타인으로부터 고립되는 고독이 아니라 남들로부터 자유를 얻는 효과를 준다.

《둥지의 철학》을 쓴 시인이자 철학자 박이문은 말한다. "새가 진흙, 마른 나뭇가지, 나뭇잎, 조개껍데기 등등을 물어다가 자기가 들어앉을 집을 짓듯이, 독서는 자기 자신의 정신이 편안히 머무를 수 있는 보이지 않는 둥지를 짓는 일이다." 독서야말로 자기 자신의 정신적 안정과 휴식을 위한 '둥지 짓기'로서의 행위라 할 수 있다.

언제라도 동행이 되어주는 것이 바로 책이다. 끝까지 함께 울어주는 것이 책이다. 책은 어느 한 사람을 위해 쓰인 것이 아니다. 그러나 신기할 정도로 '이것이 바로 나네'라는 생각이 들 때가 있다. 또한 절망의 순간에도 우리에게서 멀어지지 않는다. 극복의 단계에 들어설 때까지 내내 곁에 있어 준다. 자신의 곁에 아무도 없다는 생각이 들 때도 책은 늘 함께 있어준다. 독서는 고독을 감싸 안아 정신적 안정과 휴식의 둥지를 틀게 한다.

## 책은 영혼의 치유장이다

살다 보면 누군가로부터 영혼의 상처를 주기도 하고 받기도 한다. 이럴 때면 마음을 어떻게 위로하는가? 친구에게 속마음을 털어놓거나, 술을 마시거나, 운동하거나 여러 가지 방법으로 위로를 삼고자 할 것이다. 나는 삭아 들지 않는 생각들이 고통으로 다가올 때면 아픔을 덮어버릴 문장을 찾으려고 서두른다. 아픔을 희석할 문장을 찾게 되면 그 깊은 의미 속에 빠져 위로를 받는다.

영혼을 뒤흔드는 문장을 발견한다.
한 문장 한 문장이 가슴 깊이 파고든다.
내 삶의 결이 지향하는 것을 따르고 있다.
그 말이 상처의 언저리에 스민다.
상처에 닿아 아리고 쓰라리다.
고통의 시간을 달래면서
조금씩 핏빛이 감돈다.
패였던 자리에 새살이 점점 차오른다.

힘든 현실적 고통을 극복하기 위해서도 독서가 필요하다. 자신과 같은 경험과 생각을 담은 책과의 만남으로 이해받고 인정받는 느낌은 그 자체로 치유가 된다. 소설 속에 나오는 인물이나 사건을 보며 자신의 문제와 연결해 보기도 하고, 과거에 경험했던 문제를 다시 떠올려 추체험하는 과정에 몰입도를 높일 수 있다. 깊은 인상을 받은 인물의 가치관이나 행동을 닮고 싶어 하기도 한다. 또는 자신보다 한층 괴로운 상황 속 주인공에 비해 자신의 불행이 사소하게 느껴지면서 위로를 받기도 하고, 우월감을 느끼기도 한다.
책은 나 자신을 이해하기 위한 과정이자 마음속의 응어리를 토해

낼 수 있게 하는 좋은 매개체이다. 등장인물과의 공감으로 자신의 감정을 들여다보면 상처받은 마음을 감싸 안는 힘이 생긴다. 책은 감정을 순화시키고 안정을 되찾게 하며 고통을 가라앉히는 진정제가 되기도 한다. 책은 영혼을 치유하는 장(場)이다.

## 문학(이야기)은 현실을 알려준다

인식이 곧 위로다. 어떤 책이 누군가를 위로할 수 있다면 그 작품이 그 누군가에 대한 정확한 이해를 담고 있다는 것이다. 위로는 나를 제대로 이해하지 못한 사람이 나를 위로할 수 없다. 위로란 곧 인식이며, 인식이 곧 위로이다. 정확히 인식한 책만이 정확히 위로 할 수 있다. 위로받는다는 것은 이해받는다는 것이다. 힘든 일 슬픈 일이 있어도 한없이 슬퍼하거나 절망하지 않을 수 있는 것은 주위에 있는 가족과 친구들의 격려와 위로 때문이다. '책만한 친구가 또 있을까?' 언제든 그 자리에서 나를 묵묵히 기다려주고, 세상의 모든 지식과 지혜를 고스란히 내게 풀어내는 친구 말이다.

문학(이야기)을 당신 곁에 두었을 때 자신을 희생시키지 않고 상처로부터 회복되는 힘을 얻을 수 있다. 이름 모를 타인과의 경쟁에서 승리자는 되지 못하더라도 당신에게는 공감할 수 있는 능력이 있어 책 속에 펼쳐지는 무대의 주인공이 될 수 있기 때문이다. 문학의 목적은 느끼기 위한 것이다. 느껴야 감동할 수 있다.

　문학을 읽으면서 웃지도 못하고 울지도 못한다면 도대체 왜 읽는 단 말인가? 갈등과 변화의 매 순간을 주인공과 함께해야 한다. 책을 읽는다는 것은 책 속의 글자를 읽는 일이지만 그와 동시에 책을 쓴 사람과의 대화를 나누는 일이다. 그냥 피상적인 대화가 아니라 인생의 전 존재를 걸고 나눌 수 있는 진지한 대화가 된다. 이야기를 통해 자신이 생각해 보지 못한 낯선 삶을 엿볼 수 있고, 작품에 감정을 이입하면서 마음속에 내재된 자신의 외로움과 직면하여 진정한 자기 모습을 찾아낼 수 있을 것이다.

　전혀 모르는 곳에서는 길을 헤매지 않을까 누구나 불안을 느끼게 된다. 아무리 찾아도 거리 전체의 모습을 한눈에 파악하기는 쉽지 않다. 하지만 길을 걷기 전에 먼저 그 거리의 모형을 살펴보면 대략적인 모습을 금방 알 수 있다. 지도를 들고 있으면 지도가 없을 때와는 완전히 달라진다. 어디에서 직진해야 하고 어디 골목에 이르면 어느 가게가 나온다는 것을 알고 있을 때처럼 말이다. 모형은 실제의 거리 그 자체가 아니지만 거리를 이해하도록 도와준다. 지도는 얇은 종이 위의 선과 기호에 불과하니, 현실과 더욱 동떨어져 있는 셈이지만 현실을 이해하는 데 매우 도움이 된다.

　문학(이야기)은 작은 세계이며, 현실 그 자체와는 다르다고 하지만 현실을 알려주는 모형이나 지도 같은 역할을 한다. 유리 구술을 통해서 주위의 세계를 비출 수 있듯이 어떤 작은 이야기라도 커다란 현실

세계의 한 부분을 비추고 있다. 우리가 현실 그 자체를 모두 파악하기는 어려워도 작은 이야기라면 그럭저럭 이해할 수 있다.

문학(이야기)은 우리에게 필요한 영양분을 준다. 사는 게 전혀 힘들지 않은 사람은 없다. 누구나 도움을 필요로 한다. 이야기가 가진 힘의 도움을 받는 것은 아픈 사람이나 건강한 사람에게도 마찬가지다. 인간에게 이야기는 필요한 영양분이자 현실을 알려주는 길이다. 이야기만이 절망을 말한다. 절망의 목소리를 제대로 들을 수 있는 창구가 바로 문학이다.

'거짓 절망인 이야기는 도움이 안 되지 않을까?'라고 생각하는 사람도 있을 것이다. 그렇지 않다. 일상생활에서의 거짓말과 이야기의 거짓말은 완전히 다르다. 실재하지 않음으로써 오히려 단순한 개인의 사례가 보편적인 진실을 깊이 있게 그릴 수 있기 때문이다. 일상생활의 거짓말은 진실을 감추기 위한 것이지만 이야기의 거짓말은 진실을 그리기 위한 것이다.


## 절망 속에서 책을 읽어야 하는 이유

인생은 각본대로 흘러가는 경우가 거의 없다. 각본가가 스스로 고쳐 써야 할 때가 있거나, 외부 요소로 인해 본의 아니게 강제로 수정해야 할 때도 있을 것이다. 각본을 고쳐 써야 할 때가 반드시 오게 된다. 인생의 전환기를 맞이하게 되는 것이다. 각본을 고쳐 쓸 때는 문학(이야기)이 필요해진다. 그러나 아무리 애를 써도 아이디어가 떠오르지 않을 때가 있다. 이럴 때는 다른 사람들이 쓴 여러 각본을 참고삼아 읽어보고 모방을 하는 것이 또한 우리의 인생이다.

《절망 독서》에서 가시라기 히로키는 절망은 해저의 밑바닥으로 깊이 가라앉는 것과 같다. 한번 가라앉게 되면 떠오르고 싶지 않은 것이 절망이다. 어두운 고원을 홀로 걷는 괴로움의 시간이다. 밤이 깊어질수록 마음은 점점 불안해진다. 절망에서 동행을 찾는다는 것은 쉬운 일이 아니다. "슬픔을 서로 나눌 수는 있지만 슬픔은 온전히 자기만의 것이라서 다른 사람과의 진정한 공유가 어렵다. 그러나 기분을 알아주는 책이 있는 것만으로도 위로가 된다. 즉, '이것은 나다'라는 생각이 드는 책과의 만남, 이 책만이 내 기분을 이해해준다. 책은 '내 기분은 아무도 몰라!'라고 외치는 절망적인 마음을 알아준다. 그뿐 아니라 자신조차 잘 모르는 석연치 않은 감정까지 '바로 이거야!'라며 감동할 정도로 훌륭하게 말로 표현해 준다. 지금의 나만이 이 책을 진정으로 이해할 수 있다는 생각이 드는 책과의 만남이 절망에 빠져 있을 때, 매우 큰 구원이 된다."라고 말한다.

동료 후배는 자신의 이십 대가 짙게 깔린 우울증으로 회색빛이었다고 회고했다. 약물 치료로 효과를 보지 못해 더욱 좌절하던 순간 우연히 헨리 데이비드 소로의 《월든》을 집어들었다고 한다. 그의 이야기는 이러했다. 숨통을 열어주는 산소가 공급된 느낌이었다. 깊은 숲속에 새소리 가득한 호수에 가만히 앉아 있었다. 아무것도 하지 않아도 책을 보면서 편안해졌다. 우울해지면 책을 펼쳤다. (…) 마음 근육이 허약하고 몸도 허약했다. 받아들일 근력이 없는 상태였지만 책은 서서히 엉킨 마음을 풀어주고 있었다. 몇 번을 읽었는지 기억이 나지 않지만, 책은 마음의 영양제였다. 상처에 연고를 바르듯 우울과 절망이 엄습할 때면 또 책을 집어들었다. 조금씩 치유할 수 있었던 것은 마음에 영양분을 주는 책과의 시간이었다. 책을 손에서 놓을 수 없었다. 책을 읽으면서 점점 우울과 부정적인 흐름이 바뀌게 되었고, 무기력 속에서 희망의 끈을 잡을 수 있게 되었다.

절망 속에서 함께 울어주는 것은 오직 책과 이야기뿐이다. 시련을 처절하게 겪어본 사람은 안다. 어설픈 위로가 얼마나 폭력처럼 느껴지는지를……. 절망 가운데서 어찌할 바를 모르는 사람은 바로 그 절망의 이야기를 찾아 해답을 찾고, 절망했을 때는 절망의 이야기로 구원받게 된다. 인생을 살다 보면 책이 절실하게 필요해질 때가 올 것이다. 물의 진짜 맛은 목이 마를 때 비로소 알게 되고, 흰 쌀밥의 진짜 맛은 정말로 배가 고플 때 비로소 알게 된다.

절망의 순간에 책의 가치는 빛이 난다. 절실히 필요한 때에 책은 영양 보급원이 되어준다. 생존에 위협을 받아 어떻게 해야 할지 모를 때, 정신적으로 궁지에 몰렸을 때, 이런 때를 위해 문학이 존재하는 것이다. 절망의 상황에 직면해서 절망의 책을 찾는 것보다, 미리 절망의 책을 읽어 두는 것이 필요하다. 재해가 없을 때도 피난 훈련을 해두는 것처럼…….

# 독서는 희망 발아제다

촐라 선인장의 잎은 가시 형태다. 원래는 다른 나뭇잎처럼 넓적한 모양이었다고 한다. 하지만 어느 날, 사막 한가운데 떨어지게 되었고, 거기서 살아남기 위해 넓은 잎을 말아 뾰족하게 만들었다. 생각과 의식의 변화는 새로운 아이디어로 삶이 변화되어 선인장은 건조한 지역에서 사는 것이 가능해졌다. 가시들은 선인장의 표면을 지나가는 공기의 흐름을 줄여 증발량을 감소시키고, 작은 그림자를 만들어 이슬이 맺히도록 도왔다. 일종의 혁명이다. 사막에 살아남기 위한 의식의 변화는 촐라 선인장이 세상을 정복할 수 있게 한 것이다. 생존 앞에서 기발한 아이디어는 희망의 발아제로 삶의 혁명이 되었다.

희망이란 선물 상자인 책을 펼치면 책 속의 글자들이 희망의 말을 전한다. 삶에 지쳐 무기력해지고 답답해 앞이 보이지 않는 사람들에게 다가와 나지막하게 희망의 말을 소곤거린다. 걸어오는 말에 반응하는 자는 희망의 삶을 선택하게 될 것이고, 그렇지 않고 지나쳐

버린 자에게는 오던 희망도 사라져가버릴 것이다. 책 읽기는 희망의 눈덩이를 굴리는 일이다. 처음 눈 뭉치기를 잘한다면 조그마하던 눈덩이가 커다랗게 변하고 굴리기도 쉬워진다. 희망을 샘솟게 한다. 희망은 그대로 녹아내리지 않는다. 마음을 환하게 해줄 눈사람을 만들게 한다. 생명력 있는 눈사람은 누군가에 희망과 꿈을 심어준다.

책 읽기는 자신의 열망을 확인하는 일이다. 열망하는 사람만이 자신의 길을 찾는다. 무엇인가 절실한 사람에게만 주어진다. 열정을 가지고 희망을 품는 것과 임박한 상황에 어쩔 수 없이 선택하는 희망은 시작부터 결과에 이르기까지 현격한 차이를 드러낸다. 자신의 열망을 꿈꾸는 자에게 책은 거친 바람을 피하게 하는 바람막이가 되어주고, 뿌리 뽑히지 않을 지지대가 되어주고, 어떤 어려움에도 우듬지에 싹 틔웠던 희망을 양분 삼아 큰 나무로 성장하게 된다.

## 독서는 꿈 실현의 원동력이다

버진그룹을 이끄는 기업가이자 모험가로 알려진 리처드 브랜슨 (Richard Branson) 회장에게도 한 권의 책이 있었다. 2021년 7월 일반인도 우주에 갈 수 있는 길을 열어준 리처드 브랜슨 버진 회장은 세계 첫 준궤도 우주 관광을 마친 후 "어렸을 때부터 이 순간을 꿈꿔왔다. 일생일대의 완벽한 경험이었다"라고 말했다. 2017년 브랜슨은 한 인터뷰에서 《피터 팬》을 자신의 인생을 바꾼 책으로 꼽았다. 그는 어린 시절 《피터 팬》을 읽은 후 피터 팬이 자신이 가장 좋아하는 캐릭터가 되었다고 한다. 이 책에서 많은 영감을 얻었고, 그래서 어른이 되고 싶지 않았고, 언제나 날고 싶었다. 그는 자신을 성공으로 이끈 힘의 상당한 부분은 '어린이처럼 생각하는 것'이라고 강조했다. 난독증으로 학교생활을 잘 적응하지 못했던 그는 16살에 학교를 그만두고 이후 사업 전선에 뛰어들었다. 학교를 그만두던 날, 교장은 그에게 장차 감옥에서 생을 마치거나 백만장자가 될 것이라고 말했다고 한다. 사업가였던 그의 어머니는 그런 그의 든든하고도 열렬한 평생 후원자였다. 브랜슨은 자신의 우주비행 계획을 알린 직후, 트위터를 통해 "나는 언제나 꿈을 꾸는 사람이었고, 어머니는 절대 포기하지 말고 별까지 가 닿으라고 가르쳤다"라고 말했다. 미지의 세계에 뛰어들기 좋아했던 브랜슨은 모험가로도 이름을 떨쳤다. 1986년 쾌속선으로 최단기간 대서양 횡단 기록을 세운 데 이어 이듬해엔 세계 최초 열기구 대서양 횡단에 성공했다. 1991년엔 세계 처음으로 열기구를 타고 태평양을 건넜으며 1998년엔 열기구 세계 일주를 시도하였다. 21세기에 들어서도 모험 행진은 이어져 2004년엔 수륙양용차를 타고 최단 시간 영국해협 횡단에 성공했다. 익숙하지 않은 미지의 세상에 대한 그의 도전 정신은 회사 이름 '버진(Virgin)'에도 담겨 있다. 71번째 생을 맞은 브랜슨은 비행 후 이렇게 말했다. "내가 우주복 안에 쓴 사명 선언문은 내 손주들을 위해 그리고 오늘날 살아

있는 많은 사람, 모든 사람을 위해 우주여행의 꿈을 현실로 바꾸는 것이다."

세상은 우리의 욕구를 만족시켜 주는 방향으로 움직이지 않고, 좌절은 우리의 인생에 깊이 관여하고 있다. 인생에 좌절이란 단어는 곳곳에서 깊숙이 침투하고 삶을 힘들게 한다. 그러나 살면서 적어도 한 번쯤은 삶의 동행자가 되기도 한다. 좌절을 이겨내는 힘은 여러 가지일 수 있다. 한 번의 위로가 아닌 해결방안이 되어줄 수 있는 것은 독서라고 말하고 싶다. 브랜슨의 어린 시절 독서는 전생을 이끄는 동력이 되었고, 어린아이처럼 믿었던 신화는 자신의 꿈을 이루게 하는 힘이 되었다. 《피터 팬》은 브랜슨의 마음에 불사조가 되어, 자신의 꿈에 도전할 수 있는 용기가 되어주었고, 브랜슨은 우주 시대의 선구자가 되어 미래를 열고 있었다.

독서는 예상치 못한 영역에까지 위대함을 드러낸다. 독서는 지식의 축적, 사고의 체계화, 관찰력, 인지력, 통찰력, 예지력 등을 포함해 행복을 전하는 종합선물세트다. 상상의 세계를 꿈꾸게 하여, 세상을 변화시킨다. 독서는 상황적인 판단과 재빠른 대처로 불행을 막아내고, 혹여 수렁에 빠졌을지라도 기꺼이 빠져나올 수 있도록 동아줄이 되어준다. 또한 다시 넘어지더라도 잘 일어설 수 있는 구심점을 마련해준다.

## 희망으로 새 삶을 찾다

좌절은 결코 우리의 의욕을 허락하지 않는다. 좌절은 우리를 무기력하게 만든다. 또 좌절은 쉽게 학습된다. 슬프지만 우리는 희망에 앞서 좌절부터 가르치는 세상에 살고 있다. 좌절은 위험하다. 좌절의 무기력은 심지어 죽음에 이르게 하는 병으로 발전하기도 한다. 우리를 감싼 좌절의 그림자와 사슬은 두껍고 단단하다. 좌절이 앞서니 불안하고, 불안한 가운데 우울하고, 좌절이 습관이 되어 차츰 무기력한 인생이 된다. 책은 암울한 좌절로부터 한 줄기 희망을 비추어준다. 깊은 수렁에서 벗어나게 하고, 길을 열어주는 안내자가 되기도 한다. 뜻하지 않던 외상 후 스트레스 장애를 앓고 있거나 고통의 역치를 넘어 공황장애를 앓게 된 이에게 마음의 심폐소생술이 되기도 한다. 이렇게 고통의 역치를 낮추고 의지의 싹을 틔우는 희망 촉매제가 되기도 한다. 인생에 다가올 수 있는 불행으로부터 빨리 탈출하게 한다.

어느 날, 친구는 몸이 아파 일찍 퇴근하고 아파트 문을 열었다. 현관 입구에 남녀 신발이 한 짝, 두 짝이 나란히 있었다. 친구는 서리 내린 서울의 달밤을 헤매는 처용이 되어야 했다. 유일하게 사랑했던 남자, 한 치의 의심도 해보지 않았기에 친구는 그대로 정신을 놓았다. 잃어버린 마음을 쉽게 찾을 수 없었다. 모든 것을 포기했다. 결혼도 사랑도 직장도 가족도 내팽개쳤고, 생기를 잃어버리는 속도가 빨라지며 무거운 돌처럼 영혼 깊은 곳으로 떨어져 내렸다. 환자복을 입고 정신병동 병실 구석에 앉아 있던 친구는 사월 매서운 꽃샘바람에 떨어진 벚꽃이었다. 벚꽃이 다 피기도 전에 불어온 바람은 생가지를 꺾어 놓았고, 채 피지 못한 꽃잎을 떨어트렸다. 떨어진 꽃을 자신이라 받아들일 수 없었다. 불어온 바람과 바람을 만든 조물주를 원망해도 답은 없었다. 그렇게 2년이란 세월을 병원에서 보내게 되었다.

어느 날이었다. 병실 간호사가 빅터 프랭클의 《삶의 의미를 찾아서》란 책을 읽어보라고 건네주었다. 지루한 시간 속에 무심코 읽게 된 한 권의 책이 친구를 절망의 늪으로부터 탈출하게 했다. "마지막 숨이 끊어지는 순간까지 결코 빼앗을 수 없었던 것은 인간의 정신적 자유였다. 무릇 삶에 의미 있는 것이라면 고통에도 의미가 없을 수 없다"라는 문장이 친구의 심장에 피가 돌게 했다. 죽음의 수용소에서 수용자들이 희망의 끈을 놓지 않고 삶의 이유를 찾았듯이 친구도 삶의 이유를 찾아가고 있었다.

꼬리에 꼬리를 문 독서를 통해 친구는 조금씩 자신의 상처를 되돌아볼 용기를 되찾고, 자신과 타인을 이해하게 되었다. 조금씩 얼굴빛이 밝아지기 시작했다. 깨져 버린 정체성의 조각들을 주워 모았다. 삶의 작은 희망들을 추가해 가고 있었다. 2년간의 미친 독서는 친구의 좌절과 무기력을 치료했고, 이어지는 불행의 끈을 잘라낼 수 있었다. 또한 건강하게 퇴원하여 의학전문대학원에 합격까지 했다. 4년을 무사히 마친 뒤, 수련 과정을 거쳐 신경정신과 전문의가 되어 예전의 자신과 같은 환자들을 돌보고 있다.

책은 힘든 삶을 지탱할 수 있게 하는 지팡이었다. 회복을 못 할 만큼 깨져버린 정신의 균형을 되찾게 했고, 신체적인 건강도 함께 찾게 했다. 한 권의 책에서 찾은 죽음 앞에서도 포기할 수 없는 삶의 이유에 대한 깊은 사유를 통해 자신을 되돌아보게 되었고, 자신을 버린 그 사람의 마음까지도 이해할 수 있었다. 책으로 인한 생각의 변화가 인식의 변화로 현실을 받아들이게 했고, 확립된 정체성으로 더 이상 흔들리지 않을 수 있었다. 책 속에서 만난 다양한 사람들의 모습에서 친구는 다시 자신의 꿈을 꾸게 되었다. 예전에 볼 수 없었던 삶의 활기가 상기된 얼굴빛에 드러났다.

# 독서는 조망수용능력제다

　조망수용능력이란 자신의 이해와 더불어 타인을 자기의 입장처럼 생각하고 공감할 수 있는 능력을 말한다. 공감은 내 삶을 던져 타인의 고통과 함께하는 삶의 태도이다. 인간을 인간답게 인류의 심장을 따뜻하게 채워주는 공감은 사람이 세상을 살아가는 데 필요한 도구이다. 또한 조망수용능력은 공감을 통한 역지사지, 이타적 사랑으로, 인간이 가장 인간답게 살아가기 위해 독서를 통해 얻어야 할 궁극적인 목표이기도 하다. 책을 읽기 전에 알았던 사랑과 책을 읽은 후에 공감을 통해 본 사랑은 달랐다.

## 타인을 이해하고 공감할 수 있는 능력

　무언가를 이해하고자 하는 사람들의 욕구에는 숭고함이 깃들어 있다. 그중에 공감은 상상력을 발휘해 다른 사람의 처지에 서 보고, 다른 사람의 느낌과 시각을 이해하며, 그렇게 이해한 내용을 활용해 행동 지침으로 삼는 것이다. 즉, 역지사지(易地思之)로 상대방의 입장을 머리로만 생각하는 것이 아니라 직접 그 사람의 입장이 되어서 행동하고, 왜 그런 생각을 하게 되었는지를 그 사람의 눈으로 세상을 바라보고, 그 사람의 귀로 세상의 목소리를 들어보며, 그 사람의 가슴으로 세상을 느껴보는 것이다. 공감할 때 우리는 타인을 통해, 타인은 우리를 통해 스스로 바라본다. 공감은 나의 인생이 너의 인생으로 확장되고, 너의 인생이 나의 인생으로 확장되며, '나'와 '너' 사이의 경계를 허무는 것이다.

## 땅콩

땅콩을 거두었다
덜 익은 놈일수록 줄기를 놓지 않는다
덜된 놈! 덜떨어진 놈!

— 〈배꽃 하얗게 지던 밤에〉 이철수

'덜 익은 놈일수록 줄기를 놓지 않는다'에 꽂힌다. 덜 익은 땅콩의 줄기에 달린 땅콩은 크기가 작다. 그러나 덜 익은 땅콩을 붙들고 있는 줄기는 잘 익은 땅콩의 줄기보다 건실하다. 도화지에 그려진 덜 익은 땅콩과 그 줄기는 시각적 이미지 속에 잡히는 촉각으로 사유의 깊이를 더해간다. 모래땅에 줄기 박고 살아가는 땅콩들, 밀집된 공간, 생존의 몸부림이 있다. 내 이웃들의 삶이 있다. 힘들게 하루하루 살아가는 서민들의 삶이 있다. 덜되고 못난 것이 어찌 자신 때문이겠는가? 기능할 수 없는 고통과 어려움에 누군가의 도움마저 없다면 어찌 생존할 수 있단 말인가? 생각하는 동안 내내 여린 가슴에는 연민이 피어나고, 사랑을 덧대고 싶은 마음이다.

《정혜신의 사람공부》를 쓴 정혜신 정신건강의학과 전문의는 '사람의 마음이란 보이지도 않고, 만져지지도 않는다. 그래서 이해하고 접근하기 막연하고 모호하다. 내 눈을 통해서 내 주변이 어떠한지 인지할 수 있어야 한다. 인문학적 시선으로 세상을 통합적으로 인지하는 강력한 도구는 문학이었다'고 했다.

문학은 공감 능력을 더욱 섬세하게 다듬어준다. 특히 소설은 삶의 중요한 문제를 소통하는 강력한 수단으로 자리매김해 왔다. 작가들은 소설을 통해 인물들과 공감하도록 이끌고, 그들과 우리의 사회적 세계의 변화를 상상할 수 있게 하는 전략을 구축한다. 문학은 독자가 읽은 삶을 상상하게 하고, 사회적 능력을 향상하여 주고, 더욱 도덕적인 삶을 살도록 한다. 소설은 공감과 친사회적 행동에 긍정적 영향을 미치며, 원만한 사회적 관계망을 형성하는 데도 유익하다. 독자들은 등장인물의 기쁨이나 슬픔 측은지심과 같은 감정과 연결되며, 상상력이 자극되고 확장됨으로써 타인의 세계에 대해 더 깊은 이해로 나아가게 한다.

문학은 꿈을 꾸기 위해서 읽어야 한다. 문학은 새로운 세계를 꿈꾸는 하나의 방법이다. 문학을 통해 그 꿈의 지도를 그려야 한다. 《모든 씨앗은 숲을 그린다》의 김기철 작가가 말한다. 인간의 삶, 삶의 다양성을 이해하기 위해서는 문학을 가까이해야 한다고. 인간이 경험할 수 있는 세계는 제한될 수밖에 없다. 문학은 경험의 한계를 뛰어넘게 한다. 작은 목소리에 귀 기울일 수 있는 사람이 되기 위해 문학을 읽어야 한다. 작가들은 민감한 촉수로 보통 사람들에게는 들리지 않는 낮은 목소리들을 채집해 기록한다. 문학은 인간의 문제를 직접 해결하지는 못한다. 다만 문제를 돌아보게 하고 깊이 이해하게 만들어준다. 무엇보다 타인의 아픔에 공감할 수 있는 사람다운 사람이 되기 위해서 문학의 숲을 거닐어야 한다.

역지사지로 타인의 입장이 되어 마음으로 공감하는 능력은 어디서 오는 것일까? 그것은 인문학을 통한 인문학적 상상력으로 키울 수 있다. 책은 나를 알게 했고, 너를 이해하고 공감하게 했으며, 우리를 알게 했다. 이기(利己)가 이타(利他)로 가는 길목에 독서가 있었다.

## 인문학과 인문학적 상상력

인문학과 인문학적 상상력이란 단어를 떠올리게 되면, 딱히 '이것이다'라고 설명하기가 쉽지 않다. 그래서 풀어 설명할 수밖에 없다. 인문학은 인간이 인간답게 살기 위해 배우는 학문이고, 그 인문학으로 사람다움을 회복하고 인간답게 살아가도록 한다. 사람다운 사람이 된다는 것은 가슴속에 기쁨이 솟아나고 다른 사람들이 기쁜 삶을 살 수 있도록 이끌어주는 것을 말한다. 다른 사람들의 가슴속에서 알 수 없이 솟아나는 기쁜 삶을 살 수 있도록 이끌어주는 것이다. 인문학의 끝점엔 사랑이 자리하고 있다. 사랑이라는 감정은 마음의 용량이 커지게 하며, 잔잔한 갈등 같은 것들을 스스로 정화할 수 있게 한다. 인간에 대한 관용과 수용 능력이 그만큼 받쳐주기 때문에 갈등의 소지가 적다.

처음 독서를 시작할 때는 느끼지 못했다. 책에 '사랑'이 있다는 것을 생각하지 못했다. 독서가 무르익어 가면서 사랑이 조금씩 보이기 시작했다. 말로 형용하기 힘들지만 보이기 시작했다. 공감과 더불어 마음 언저리 스미는 아픔에 눈물을 흘리게 되었다. 그러다가 사랑이 점점 커지면 결국에는 사랑의 화신이 된다고 한다. 사랑에 눈을 뜨게 되면, 사랑을 실천하지 않고는 못 견디게 된다. 독서의 끝은 결국 사랑의 실천에 있다. 그래서 인문학은 내용이 아니라 행동으로 완성되는 것이다.

'인문학적 상상력'의 상상력이란 밑도 끝도 없이 뜬구름 잡는 생각이 아닌 구체적인 현실이다. 상상력은 현실에서 느끼는 불편함을 없애고, 이를 치유하기 위해 발동되는 생각 너머의 생각이다. 상상력은 반드시 일상에서 불편함을 감지하는 정서적 능력인 감수성을 바탕으로 한다. 타인의 아픔을 치유하기 위해 다른 구상을 하는 것을 말한다. 인문학적 상상력이란 타이어가 아니라 바람일 뿐이다. 인문학적 상상력은 밥은 아니지만, 밥을 맛있게 해준다. 어떤 현상에 대해 '예', '아니요'의 이분법적 사고가 아니라 그 질문 자체와 과정을 사고하는 것이다. 또한 이 세상이 좀 더 아름답다고 믿고 이를 상상하는 힘, 더 아름다운 세상을 위해 서로의 다름을 극복하고 화합의 손을 내밀게 하는 것이라 할 수 있다.

역사상 유명한 사과 네 개가 있다

첫째는 이브의 사과요

둘째는 뉴턴의 사과요

셋째는 세잔의 사과다

네 번째 사과는

인류에게 다른 세계와 다른 생각과 다른 상상을 열어준

한 천재가 한입 먹고 남은 '애플(apple)'이었다

인문학적 상상력을 키울 수 있는 좋은 방법은 고전을 읽고, 사고와 경험의 폭을 넓히는 것이다. 문학은 인간이 살아가면서 겪는 온갖 기쁨, 슬픔, 불행, 행복, 시련과 극복, 성공과 좌절을 보여주며, 우리 삶의 속살을 들여다볼 수 있게 한다. 인문학적 상상력은 삶의 의미를 인간적으로 성찰하는 눈, 즉 깊게 보고 생각할 줄 아는 능력이다.

깊숙이 상대의 내면을 들여다보고, 타인을 존중해 주는 가운데 나 또한 존중받아야 한다. 예컨대 직장 내에서 동료를 경쟁의 대상이 아니라 동료애로 바라보는 것이다. 나와 관계있는 대상을 깊숙이 이해하고 들여다보려고 할 때, 동료가 나의 삶에 중요한 의미가 있는 사람으로 보는 것이다. 인간은 불완전하게 태어났으므로 사는 내내 자신을 완성해 나가야 한다. 인문학이 개인의 행복 쪽으로만 흘러가서는 안 된다. 우리를 향한 사랑이라는 개념을 집어넣어야 한다. 사랑이란 개념을 넣기 위한 것이 바로 독서이다.


## 인문학적 삶과 작품을 살피다

인간관계는 서로에게 상처를 줄 수밖에 없는 만남인지 모른다. 그러나 마음을 열어 서로의 이해를 통해 인정하고 아픔을 어루만져 줄 수 있다면, 상처는 치유될 것이다. 상대에 대한 측은지심(惻隱之心)의 마음을 가지고, 서로를 바라볼 수 있는 인문학적 상상력을 키워야 한다. 이어 소개하는 인생의 삶을 통해 인문학적 상상력이 무엇인지, 인간에 대한 '연민과 사랑'을 느껴보기를 바란다.

1960년대 당시 6천여 명이 넘는 나병 환자들과 그 가족들로 가득 했던 소록도는 같은 나라 사람들조차 접근을 꺼리는 곳이었다. 국가 적 지원이나 사회적 보살핌은 찾아볼 수도 없었다. 하지만 타국에서 기꺼이 달려온 두 수녀 '마리안 네스테거와 미기레트 피사렉'은 고향 인 오스트리아를 떠나 20대 꽃다운 나이에 한국의 한센병 환자촌인 소록도에 자원봉사자가 필요하다는 소식을 듣고 자원했다. 아시아의 작은 나라, 버림받은 작은 섬에 도착한 그녀들은 평생 그곳에서의 삶 을 신의 소명으로 받아들이며 일생을 살았다.

소록도 환자들을 성심으로 보살폈다. 약을 꼼꼼히 발라야 한다며 장갑도 끼지 않은 채 상처를 치료하고, 마을 일이라면 항상 앞장섰으 며, 주민들의 삶을 돕기 위해서라면 무엇이든 닥치는 대로 했다. 이 후 43년 소록도에서 나병 환자들과 주민들은 두 수녀를 '할매'하고 부르며 가족같이 지냈다. 그렇게 살았던 그녀들이 어느 날 새벽 아무 도 모르게 소록도를 떠났다. 작별 인사도 없이 떠나야 했던 이유는 '너무 늙어 더 이상 환자들을 잘 도울 수가 없을 것 같아서, 그리고 사랑하는 이들에게 이별의 아픔을 주기 싫어서'였다고 한다. 참으로 부끄러워지는 순간이 아닐 수 없다. 두 수녀님의 말로 형용할 수 없 는 인간에 대한 사랑이 너무도 숭고하고 아름답다.

조세희 작가가 인문학적 상상력과 통찰력으로 쓴 《난쟁이가 쏘아

올린 작은 공》을 읽으면서 작가의 격한 분노와 괴로움을 보았고, 그것이 사랑이었음을 느낄 수 있었다.

"난쟁이 아내는 자식을 지키기 위해 싸운 병사였다.

아버지는 작고 투명한 유리병정이었다.

큰오빠도 아버지와 같은 유리병정이었다.

사랑 없는 세상에서 사랑 때문에 괴로워했고, 사랑을 추구해야 한다는 것 때문에 더 불안했던 난쟁이는 무엇보다 세상에 대한 사랑을 꿈꾸었다."

조세희 작가는 노동계급의 삶이나 노동 운동의 상황과 전망에 대해 잘 알고 있었다. 그러나 스스로 그들일 수 없어서 무엇을 할 것인가를 더 고민하고 괴로워했다. 부끄러움이 괴로움을 일으켰으며, 거기엔 늘 부채감과 결핍이 있었다. 세상의 상처와 절망을 있는 그대로 보여줌으로써 일말의 괴로움에서 벗어날 수 있었을 것이다. 《난쟁이가 쏘아올린 작은 공》은 부끄러움의 산물이었다. 《난쟁이가 쏘아올린 작은 공》을 쓰면서 얼마나 많이 울었을까? 울지 않고 쓸 수 있는 글이 아니었을 것이다. 그만큼 아팠기에 쓸 수 있었을 것이다. 작가와 대상 사이에 한 치의 빈틈도 없는 일체감은 허위가 스며들 틈을 주지 않는다. 조세희 작가야말로 인문학적 상상력을 바탕으로 조망 수용능력이 뛰어난 이 시대의 진정한 작가였다.

우리는 공감과 소통이 안 되는 시대에 살고 있다. 특히 인터넷이나 SNS, 유튜브 등을 통한 시각적인 것에 익숙한 현대인은 타인의 공감에 더 둔감해지고 있다. 전쟁이나 자연재해로 인해 많은 사람이 죽어가도 깊은 공감보다는 화면이나 사진으로 객관적인 수치와 통계로보게 되므로 일시적이고 단순한 연민만 느끼고 지나치게 된다. 소통과 공감에서 제일 중요한 것은 '이해'이다. 독서는 자신과 타인에 대해 이해하고 공감할 수 있는 시간을 부여해준다. 공감은 공명(남과 더불어 우는 것)에서 온다. 남의 고통이 갖는 진동수에 내가 가까이 다가갈수록 커지는 것이 공명이다. 슬퍼할 줄 아는 마음에 희망이 있다.

## 생태주의적 삶으로 가자

'만물이 더불어 살기 위한 첫 걸음은 생명을 경외하는 마음에 있다.'

지구는 우주의 중심이 아니다. 태양의 중심을 도는 아홉 개의 행성 중 하나일 뿐이다. 하물며 우주가 존재하는 이유가 인간 때문이라는 생각은 더 말할 것도 없다. 만물의 영장이라는 우월감은 커다란 착각이다. 함께 공존하는 것 그 이상 그 이하도 아니다. 모든 우주는 보이지 않는 끈으로 연결되어 있다. 이 세상 모든 것들은 서로 영향을 주고받는 관계로 이어져 있다. 생태학적 상상력은 세상에 존재하는 모든 생명체 중에 저 홀로 독립적으로 존재하는 것은 아무것도 없다는 생각을 전제로 한다.

'생태학적 상상력'은 세상의 아픔을 생태학적인 관점에서 치유할수 있는 다양한 아이디어를 궁리하게 한다. 현실적으로 타인의 아픔이나 자연이 겪는 고통을 치유하기 위해 아이디어를 내는 단계가 상상력이다. 어떤 아이디어로 대상의 아픔을 치유할 수 있을까를 고민하다 보면 결정적인 단서나 문제해결의 방법을 찾을 수 있게 된다. 우리가 인식하지 못하는 동안에도 모든 만물은 끊임없이 원인과 결과로 이어지는 관계에 놓여 있다. 나와 나를 둘러싼 관계에 대한 성찰을 바탕으로 환경과 생태를 이해하는 것이 무엇보다 중요하다. 환경문제를 이성과 논리로만 접근하지 말고, 나와 내 주변을 살피는 생태 감수성을 길러야 한다. 세상에 존재하는 모든 생명체는 저마다의 살아갈 이유가 있음을 인정하고, 우리는 함께 손잡고 살아가야 하는 생명 공동체임을 깨달아야 한다.

코로나19를 겪으면서 우리는 많은 것을 배우고 깨닫게 되었다. 자연의 어떤 단절이나 균형의 파괴에는 위험이 따른다는 것을 큰 대가를 지불하고 배울 수 있었다. 자연에 감사하는 수준을 넘어 자연과 더불어 살아가야 하는 생태학적 삶의 원리를 깨달아야 한다. 신자유주의의 자본주의 이데올로기 지배에서 벗어나 삶의 목적이 이윤추구가 아닌 진정한 인간다운 삶을 추구하고, 함께 더불어 살아가는 삶을 지향해야 한다. 우리의 반성과 구체적인 실천 방안이 계획되지 않으면 인류의 삶이 계속 지속되지 못할 것이다. 내가 버린 작은 비닐봉지 하나도 많은 폐해와 오염의 요소가 됨을 상기하고, 이를 더 구체적으로 실천하는 생태학적 삶을 살아야 한다.

우리는 같은 강에서 살아가는 물고기들이다. 다른 물고기들이 함께 숨 쉬고 있다는 것을 한 번쯤 생각해 보았는가? 같은 호수에 살아가면서 한 번이라도 물의 상태가 어떠한지 혹은 물이 무엇인지 생각해 보았는가? 더러워진 물이거나 물이 없다면 어떤 일이 일어날 것인가 고민해 보았는가? 우리가 함께라는 생각을 해보았는가? 보이지 않지만, 강(江) 안의 생태 원리를 고민하고, 문제들을 해결해가야 할 때이다. 그렇지 않다면 강은 오염으로 메말라 끝내 사라지게 될 것이다.

《공부는 망치다》라는 유영만 저자의 글을 인용해서 나의 생각을 대변한다. 공감은 공동체를 더욱 정교하게 만든다. 공감은 타인의 마음을 즉, 다른 사람은 무엇을 느끼고 무엇을 욕망하며 무엇을 의도하는가에 대한 공감의 기술이다. 공감과 상대의 마음 읽기는 상호적이고 협동적이며 공동체 지향적인 행동을 크게 진작시킨다. 공감과 사회성은 인간에게 크나큰 진화로부터 혜택을 제공하는 방향으로 공동체와 사회를 더 정교하면서도 호혜성이 높은 환경으로 발전시켜나간다.

앞서 언급한 조망수용능력은 자신을 이해하고 타인을 이해하며 공감하는 능력을 말한다. 이 능력을 함양해 거시적으로 생각하고 행동으로 실천으로 이어가자. 세상의 모든 것은 하나로 연결된 끈이라는 인식을 통해 서로에 대한 배려와 연민을 가지고 공동체 지향적인 삶으로 가야 한다. 또한 인문학적 사고를 바탕으로 인문학적 상상력을 가지고 인간답게 살아가야 하듯 생태주의적 사고로 자연과 더불어 만물과의 조화를 이루며 살아야 한다.

# 독서는 삶의 혁명제다

'조개는 상처를 통해 스스로 빛을 내는 야명주를 낳는다.'

흰 거품 혀끝으로 내밀던 파도가 너울대며 커진다. 바위섬과 모래톱 사이 모든 생물이 긴장하고 있다. 아니나 다를까 들이닥친 파도에 바위섬은 상흔으로 얼룩진다. 모래 틈새로 고개 내밀던 조개도 거센 파도에 앞니가 깨진다. 요새(遼塞)로 지어진 보호막이 깨진 것이다. 아파할 새도 없이 파도에 내몰리던 작은 돌조각이 피난처를 찾아 앉은걸음으로 조갯살을 파고든다.(자극혁명)

깨진 틈으로 들어온 작은 알갱이는 낯선 손님이다. 밖으로 내보내야만 한다. 마음이 불편하고 몹시 예민해진다. 이물질을 몰아내기 위해 조개는 흰 거품을 뽀글뽀글 뿜어내 보지만 제풀에 지쳐 뽀글거리는 거품도 사그라든다. 낯선 손님을 맞아들여야 내가 살 수 있다. 마

172

음을 바꿔야만 한다. 낯선 손님을 가족으로 받아들인다. 낯선 알갱이를 통해 다른 세상 이야기를 들으면서 서서히 동화된다.(의식혁명)

조개는 혼자일 때보다 삶의 무게는 무거워졌지만 따뜻함으로 마음이 가득찬다. 조개는 자신의 운명을 받아들이고, 진주조개로서의 삶을 꿈꾸게 된다. 진주조개는 자기가 누구인지, 진주조개다운 삶이 어떤 것인지 고민한다. 문득, 밤하늘의 별을 보면서 밤이면 스스로 빛을 내는 '야명주'를 꿈꾸게 된다. 커진 꿈으로 더 깊은 바다를 향해 여행을 떠난다.(자아혁명)

조개는 야명주의 더 푸른빛을 위해 거친 풍랑에 맞서며 힘든 길을 마다하지 않는다. 진주를 품고 있는 조개의 마음이 비장해진다. 이제 자신을 규명해야 할 시간이 되었다. 상처로부터 거부할 수 없어 받아들였던, 상처 깊은 곳에 감추어 키워야 했던 작은 알갱이가 푸른 빛을 품은 야명주로 태어난다.(삶의 혁명)

진주조개의 삶은 혁명의 과정이다. 파도에 깨져 생긴 상처가 영혼을 깨는 '자극'이 되고, 깨진 영혼으로 작은 돌멩이의 세상을 받아들이는 생각의 변화는 '의식의 혁명'이 된다. 변화된 의식으로 자신을 '진주조개'라 명명하며, 진정한 자아를 찾아 탈바꿈하는 '자아혁명'으로 도전하고 행동하는 삶은 마침내 푸른빛을 품고 저절로 빛을 내는 야명주로서 '삶의 혁명'을 이루게 된다.


## 자극혁명

익숙해서 불편함 없이 살아가던 조개에게 어느 날 불어 닥친 해일 같은 파도는 위협이고 충격이었다. 방비하지 못한 상태에서의 충격은 더욱 컸을 것이다. 그러나 이러한 자극은 변화를 위한 전조현상이다. 조개는 깨진 이 사이로 왕래하는 바닷물과 작은 부유물들로 혼란스러웠다. 이런 낯선 경험들은 기존의 지식과 경험을 토대로 한 자신의 성을 무너져 내리게 했다.

책을 읽는 것은 혁명의 씨앗을 자기의 내면에 심는 과정이라고 혁명가 체 게바라는 《체 게바라 자서전》에서 말한다. 책은 새로운 삶을 욕망하게 한다. 잠든 열정을 깨워 세상을 다르게 보게 한다. 무엇인가를 절실히 찾는다면 그 사람은 정말로 필요한 것을 발견할 것이다. 책 읽기는 모르는 것을 알려주고, 창조의 씨앗이 되어 꿈을 키울 수 있는 자원을 구하게 한다. 책은 내 속에서 솟아 나오려는 것이 무엇인지를 알게 한다. 열정을 가지고 스스로 묻고 생각해야 깨어날 수 있다. 우리는 지금 가는 길이 나의 길인가, 제대로 가고 있는 것인가, 나답게 살아가는 것이 무엇인가를 묻고 물으며 깨달아야 한다.

자극과 상처가 기존 질서를 깨고, 그 뒤에 오는 더 큰 상처가 이

전의 상처를 치유한다. 자극이 질서를 깨는 것 같지만 이것은 또 다른 질서를 만드는 것이다. "만일 우리가 읽는 책이 주먹질로 두개골을 때려 깨우지 않는다면, 도대체 무엇 때문에 책을 읽는단 말인가? 책이란 우리 내면에 존재하는 얼어붙은 바다를 깨는 도끼여야만 한다"라고 프란츠 카프카가 말하지 않았는가? 낯설고 불편한 자극만이 생각을 움직이게 하고, 지배하고 있던 신념들을 깰 수 있다. 깨지는 파편들 속에는 새로운 생각이라는 선물이 들어 있다.

영양식 업계의 선두 주자인 클리프바(ClifBar) 창업자 게리 에릭슨(Gary Erickson)은 에너지 영양식 업계의 선두 주자인 클리프바 창업자이다. 그는 사업 파트너와 함께 회사를 매각하려고 고민하던 순간 철회하고, 다시 어려운 자금난 속에서 직원이 준 줄리아 버터플라이 힐(Julia Butterfly Hill)의 《나무 위의 여자(The Legacy of Luna)》를 읽게 되었다. 그녀는 대학을 졸업하고 삶의 목적을 찾기 위해 사회봉사를 위해 노던 캘리포니아로 갔다. 거기서 천 년 동안 그 자리에 있던 오래된 삼나무 숲이 파괴될 위험에 처해 있어 환경운동가와 함께 나무에 올라갔다. 나무 지킴이는 힘들었다고 한다. 원시적으로 자고 마시고 배설해야 했고 산림 소유자로부터 압력을 받았기 때문이었다. 나무를 베겠다는 위협과 음식 공급 방해와 헬리콥터가 주위를 돌며 겁을 주기도 했다. 2년 8일간 '줄리아'는 '루나'라고 불리는 나무에서 한 번도 내려오지 않았다.

게릭 에릭슨은 이 책을 읽고 흥분했고, 그가 왜 회사를 팔지 않겠다는 중대한 결정을 내렸는지 그 선택이 그에게 준 기회가 무엇인지 뚜렷이 이해할 수 있었다고 한다. 클리프바(작지만 에너지로 똘똘 뭉친 에너지바)는 그의 나무였던 것이었다. 그가 전 세계에 긍정적인 영향을 미칠 수 있는 기회와도 같았다. 게릭 에릭슨에게 《나무 위의 여자》라는 책은 그의 마음에 강한 각성제가 되어 '클리프바'가 영양식 업계의 선두 주자로 설 수 있게 했다.

똑같은 상황을 보고도 다르게 생각하고 새로운 가능성을 발견하는 안목은 책을 통해 기를 수 있다. 발견은 의견을 먹고 산다. 다양한 의견의 보고가 바로 책이다. 편견과 선입견은 발견을 방해한다. 책을 읽지 않는다는 것은 새로운 생각을 거부하는 것이다. 관념이 더 이상 고착화되지 않도록 지속적으로 새로운 자극을 주어야 한다. 책을 선정할 때도 자극제가 될 수 있는 책, 즉 당신의 잠든 영혼을 깨우는 책이어야 한다. 자극적인 책이란 머릿속에 여운이 맴돌며, 나를 되돌아보게 하는 책이다. 슬프고 괴롭고 힘들어하게 하는 책, 내면을 들여다보게 하는 책, 기존의 생각을 뒤흔드는 책, 생각의 변화를 유도할 수 있는 책, 자신을 다른 삶으로 바꾸어줄 수 있는 책이다.

## 의식혁명

깨진 이 틈으로 들어온 작은 알갱이는 낯선 손님이었다. 조개는 자신의 평안을 깨는 이물질을 내보내려 했지만 어쩔 수 없이 받아들여 자기 안으로 작은 알갱이를 흡수한다. 즉, 자극과 균열은 기존의 지식과 경험의 혼란 속에서 의식의 변화를 가져온다. 조개는 자신이 알지 못했던 세계에 대해 알아가며 자기의 세계를 넓혀가고 있었다. 조개의 확장된 의식이 있었기에 작은 알갱이를 수용할 수 있었다.

행동의 변화는 늘 인식에서 시작된다. 인식의 변화는 깨어 있는 의식을 통해서 유지될 수 있다. 우리에게는 다름의 시선이 필요하다. 다름의 시선을 가질 때, 자신만의 목표나 새로운 출발점을 만들 수 있다. 또한 변화의 생명력이 되어 나를 움직이게 할 수 있다. 인간 사고의 변화는 여러 가지를 통해서 변화할 수 있지만, 독서를 통해서 제대로 거듭날 수 있다. 독서가 없는 사고의 변화란 생각할 수 없다.

자신도 모르게 자기 안으로 들어와 주인 행세를 하는 생각에 따라 의사를 결정하고, 수동적으로 판단의 기준을 만들어간다. 삶이 끌고 가는 대로 살아가게 되는 것이다. 그럴수록 우리는 책을 통한 새로운 생각과 사고로 자신의 성을 부수고, 밖으로 나가야 한다. 낯선 수많은 만남의 과정에서 자기 세계를 확장해가야 한다. 주어진 자극은 의식의 분화를 반복하며, 많은 생각들의 필터링을 통해 진정한 의식으로 자리 잡는다. 이것이 바로 '의식혁명'이다.

세계적인 영적 지도자 데이비드 호킨스는 《의식혁명》에서 "우리의 의식 수준이 우리가 보는 것을 결정한다"라고 말한다. 즉 본 것에 대한 인식도 각자의 의식 수준에 따라 다르게 나타난다. 의식의 변화는 하루아침에 이루어지지 않는다. 의식혁명은 다양한 책을 읽고, 깨달음을 위한 깊은 사색이라는 혼자만의 시간을 갖는 가운데 가져올 수 있다. 그렇게 책을 읽다 보면 개안하듯 세상을 보는 눈이 확 열리는 시점이 온다. 좁은 우물에 갇혀 있던 생각과 시야가 독서를 통해 확장되면서 의식이 변화하고 새로운 삶을 찾게 된다. 자신과 삶을 바라보는 새로운 방식으로 의식 변화를 가져올 수 있는 뜨거운 책 읽기를 해야 한다. 독서 없는 의식 성장과 혁명은 어렵다.

## 자아혁명

의식이 변화된 조개는 '나는 누구인가?'라는 질문으로 자신을 되돌아본다. 조개는 자신이 누구인지, 자신이 어떻게 살아야 하는지, 하고 싶은 일이 무엇인지 몰랐다. 그러나 작은 알갱이를 인정하게 되면서 자신을 '진주조개'로 이름 지을 수 있게 되었다. 조개는 자신의 이름을 찾은 것이다. 그리고 '진주조개'로 무엇을 하며 살아가야 하는가?라는 질문에 답을 찾아 나선다. 조개로서 할 수 있는 일들과 자신이 잘 해낼 수 있는 일, 자신만이 아닌 남들과 더불어 행복할 수 있는 일, 자신에게도 가장 기쁨이 되는 일을 찾게 된다.

밤하늘에 별이 어둠을 밝히고 희망을 전하듯 진주조개는 깜깜한 밤이면 스스로 푸른빛을 내는 '야명주'가 되기를 꿈꾸게 되었다. 자신의 존재 이유와 삶의 이유를 찾았기에 흔들림 없이 나아갈 수 있었다. 별빛을 보면서 진주조개는 '야명주'의 꿈을 향해 더 깊은 바다로 간다.

자아의 혁명은 '나를 무엇으로 쓸 것인가?'라는 물음에서 시작한다. 오직 자기 삶을 위한 나만의 변화에는 고유함과 유일함이 있다. 만약 우리가 가치가 부재한 채로 혹은 가치에 대한 고민이 없이 단기적인 목표만을 위해 산다면 언젠가 가치를 보는 눈이 성숙했을 때는 자기의 삶을 전면 부정하게 된다. 가치의 부재는 모래 위에 집을 짓는 것과 같다. 자아혁명의 시작은 자기 자신에 대한 탐색으로부터 시작된다. '나는 누구인가'라는 질문부터 시작하여 자신을 뜨거운 열정으로 설레게 하는 것, 마음속 깊은 곳에서 울려오는 내면의 소리를 듣는 것이다. 변화를 만들려는 주체의 간절함과 열정을 통해서만이 자아혁명을 이룰 수 있다.

자신을 모르기에 나다움을 모르고, 다른 사람으로 살아가고 있지는 않은가? 내가 아닌 누군가로 살아가고 있다고 생각하지 않는가? 헤르만 헤세는 의식적으로 자신을 재발견하고 삶을 단단히 부여잡기 위해 책을 읽으라고 강조한다. 읽기를 통해서 자기의 삶 자체를 예술

작품으로 창조해보는 것이다. 책은 삶의 방향을 생각하게 한다. 삶의 방향을 찾기 위해서는 자신이 자신을 읽고 세상을 읽어야 한다. 깨어 있는 의식으로 책을 읽어야 한다. 깨어진 생각으로부터 촉발된 의식의 변화는 행동의 변화를 유도한다.


## 삶의 혁명

자신의 꿈을 향해 진주조개는 더 깊은 바다로 떠났다. 자신의 꿈을 향해 힘든 고난을 길을 떠나는 이의 모습이 아름답게 느껴지지 않는가? 진주조개는 야명주라는 꿈이 있었기에 거친 풍랑도 아랑곳하지 않고, 힘든 시간을 이겨냈다. 이젠 자신을 규명할 수 있는 시간이 되었다. 상처 깊은 곳에 감추어 키워야 했던 작은 알갱이를 만나 진주를 품게 되었고, 이제는 푸른빛을 내는 야명주를 탄생시킨 것이다.

타성에서 벗어나기 위해서는 무엇보다도 행동하는 것이 중요하다. 변화는 단독으로 일어나지 않는다. 점진적으로 작은 행동들을 하나하나 쌓아 올리면서 인생의 저울이 나를 향해 움직이기 시작한다. 변화는 자신을 바꾸려는 주체적이고 자발적인 노력이어야 한다. 삶의 혁명은 시작부터 끝까지 뜨거운 열망과 간절한 마음이 있어야 이루어질 수 있다. 몸으로 경험하는 가운데 살아 숨 쉬는 의미를 깨닫고, 그런 과정을 통해서 삶의 변화를 가져오는 것이다. 삶의 혁명은 몸으로 느끼고 결연한 각오로 실천에 옮기려는 결단이 필요하다. 그렇게 몸으로 체화된 것들은 그 누구도 갖지 못한 나만의 체험이 된다. 나만의 체험은 행동의 변화이자 삶의 혁명이다.

책을 읽기 전과 읽은 후의 삶은 다르다. 특히 사고의 깊이와 상황에 대한 판단의 기준이 다르다. 또한 독서는 혁명적인 사고 전환과 더불어 위대한 행동의 출발점이 된다. 그런 혁명은 외부로부터 오는 힘이 아니라 내 안에서 시작된다. 내면으로부터의 혁명이 세상을 바꾸는 힘이다.

"독서는 정신적 각성을 넘어 삶을 송두리째 바꾸는 혁명으로 발전한다. 책으로 받은 감동이 머리로 올라가 앎이 되기도 하지만 손발을 움직이는 실천으로 연결되면서 독서는 한 사람의 삶을 바꿔나가는 혁명이 되는 것이다. 독서의 본질은 인간의 변화에 있다." 체 게바라가 말하는 혁명은 앎으로써 시작된다. 알지 못하면 행동을 할 수 없고, 무엇이고 행동하지 않으면 이룰 수 없다. 머리로만 이해하고 가슴으로 느껴지지 않으면 행동으로 옮겨지지 않는다. 마음이 움직여야 감동이 다가오고, 감동해야 행동을 하게 되며 혁명을 이룰 수 있다.

살아 있는 생물체는 세상에 태어나 죽기까지 변화를 거듭한다. 변화하지 않는 것은 죽은 것이다. 변화를 위한 방법이 바로 책이다. 책은 알고 있다. 무엇이 옳은지 그른지, 세상의 보물이 어디에 숨겨져 있는지, 어떤 방식으로 보물을 찾아야 할지, 구체적으로 어떻게 살아가야 할지, 우리 모두의 사회가 어느 방향으로 어떻게 가야 할지, 책은 이러한 혼란의 여정에서 충실한 안내자가 되어 우리를 인도할 것이다.

독서를 통한 깨달음이 이끄는 자극혁명, 의식혁명, 자아혁명, 삶의 혁명을 설명했다. 그러나 신영복 선생은 "자기 개인만 변하는 것은 진정한 변화라고 볼 수 없다"고 했다. 자기 변화는 내가 맺고 있는 인간적 관계 맺음의 변화를 포괄해 의미한다. 자신이 체득한 실천적 지혜를 활용하여 자신과 직간접적인 영향력을 주고받는 인간관계를 변화시키는 배움길이 바로 독서가 지향하는 길이다. 자기 변화는 내 생각과 행동, 지식과 지혜의 변화를 넘어서서 나의 인간관계의 변화를 의미한다. 다른 사람과의 관계 속에서 튼튼하게 서로 연대망이 구축될 때 비로소 변화가 완성되는 것이다. 더불어 신영복 선생은 함께하고 연대하는 삶으로의 변화를 역설한다.

독서가 주는 여덟 가지 약효를 살펴보았다. 독서가 가진 그 이상의 위대함을 모두 나열하지 못한 것이 아쉽지만 분명한 것은 독서가 제대로 효력을 발휘한다면 심리적 건강뿐 아니라 만병통치약이 될 수 있고, 정신적 건강에 따라 자연스럽게 신체적 건강 또한 불러온다는 것이다. 독서는 어떤 경우에도 우리가 내미는 손을 기꺼이 잡아준다. 문제해결을 도우며 스스로 길을 모색하게 한다. 독서만큼 자비롭고 관용적이며, 인류애적인 사상을 담고 있는 것이 또 있을까? 독서 예찬은 여기서 멈출 수가 없다.

독서항체를 만드는
독서백신

독서를 넓은 의미로 정의하고자 한다. 독서는 유기적이고 총체적인 활동으로 읽기라는 단독 행위가 아니라, 읽기와 더불어 자기의 생각을 글로 쓰고, 말로 표현해보는 일련 과정의 합으로 정의한다. 독서는 자신을 읽고 타인을 읽는 힘을 기르며 사고력, 논리력, 직관력, 통찰력, 통섭력을 비롯한 제반 문제해결능력을 향상시켜 궁극적으로 행복한 삶의 원동력이 된다.

# 왜 '독서백신'인가

독서법을 선택하기 전에 '나에게 맞는 독서법이 무엇인가?'를 먼저 생각해 보아야 한다. 독서법을 아는 것은 매우 중요하다. 어떤 독서법을 선택하느냐에 따라서 독서로부터 얻어지는 결과가 달라지기 때문이다. 우선 독서를 통해 우리가 얻고자 하는 것이 무엇인가? 앞서 다른 장에서 이야기한 바와 같이 독서의 '총체성'을 최대한 얻는 것이다. 독서가 줄 수 있는 '총체성'이란, 독서로 길러진 깊은 사고력을 비롯하여 논리력, 직관력, 통찰력, 창의력, 문제해결능력 등을 바탕으로 자신을 발견하고, 새로 찾은 인간적인 삶을 추구하며 살아가는 것을 말한다. 그런 본질적 측면에서 '독서백신'을 소개하고자 한다.

독서의 본질적인 목적에 맞는 도구를 가지고 목표를 향할 때, 원하는 목표에 도달하게 되고, 최대의 목표량을 달성하게 될 것이다. '독서백신'은 읽기, 글쓰기, 말하기 일련의 과정으로 독서의 '총체성'

을 얻을 수 있도록 만든 지침서이며, 하나의 도구이다. 독서는 사람을 변화시킬 힘을 가지고 있고, 세상을 바꿀 힘도 가지고 있다. 개인과 가정과 기업과 국가의 운명을 바꿀 수 있다. 독서가 생각을 바꿀 수 있고, 운명까지 바꿀 수 있는 것은 독서가 가지고 있는 '총체성' 때문이다. 우리는 독서의 탁월함을 드러낼 방법들을 고민하지 않을 수 없다.

《서재의 마법》에서 김승 교수는 말한다. 독서 '총체성'을 폭의 독서, 깊이의 독서, 높이의 독서로 말하고 있다. '폭을 넓히는 독서'는 일정한 절대시간이 필요하다. 같은 주제, 비슷한 주제 이외에 때로는 다른 주제라 할지라도 기꺼이 읽으며 연결의 가능성을 찾는 것이 필요하다. 한편 '깊이의 독서'는 특정 한 분야에 대한 충분히 다양한 독서로 지식체계에 대한 깊이가 형성되도록 해야 한다. '높은 독서'는 통찰의 안목과 날카로운 시선으로 약간 높은 위치에서 새가 아래를 내려다보듯이 보는 방식의 '버드뷰(Bird View)'로 읽는 것이다. 관심이 관찰로 통찰로 이어지는 단계로, 넓이와 깊이 그리고 높이를 모두 모아서 '총체성'이 나온다.

독서의 중요성은 누구나 공감하고 있다. 많은 사람은 독서에서 증명된 방법을 찾고 싶어 한다. 보건진료소장으로 환자 진료를 위해 매일 약을 처방하면서 '독서의 총체성를 제대로 얻어낼 수 있는 방법은 없을까?'라는 질문을 갖게 되었다. 지금까지 책을 읽으면서 얻게 된 독서법을 바탕으로 독서효율을 높이고, 그로 인한 자기 삶의 변화를 추구할 수 있는 '어떤 것'을 만들어 보기로 했다. 그렇게 '독서백신'이 태어났다.

'독서백신'은 '총체성'을 얻기 위한 방법으로 독서의 본질을 바탕에 두고 있다. 먼저, 책을 깊이 이해하는 정독으로 깊은 사유와 더불어 자신과 연결의 가능성을 두고 읽어야 하고, 요약정리를 통해 자신의 글을 쓰고, 자기 생각을 말로 표현할 수 있는 일련 과정의 합으로 만들어졌다. 더불어 거기에 독서 전의 태도와 마음가짐, 독서가 가진 특성에 따라 읽기, 글쓰기, 말하기에서 꼭 기억하고 해야 할 것들, 그에 따른 예시, 독서백신 효력 발생을 위해 노력해야 할 것 등을 중심으로 만들어진 것이다. 독서백신은 독서항체 형성에 목적이 있다. 독서항체가 형성된다는 것은 독서가 습관으로 자리 잡게 되어 힘들지 않고 즐겁게 독서를 할 수 있는 것을 말한다.

사람들은 습관을 바꿔야 원하는 삶을 살 수 있다고 말한다. 그런데 왜 좋은 습관 들이기가 어려운 것일까? 사람의 성향은 쉽게 바뀌지 않기 때문이다. 완벽한 독서법은 개인의 성향에 다를 수 있다. 그래서 '독서백신'이라는 도구를 가지고 자신에 맞는 독서법을 개발해야 한다. '독서백신'은 삶을 살아가는 데 유용한 자산이 될 것이다. 스스로 자연면역 항체를 만들 수 없다면, 인공적으로 '독서백신'을 직접 처방하여 독서항체를 만들어내야 한다.

## 독서백신은 패러다임의 변화

패러다임(paradigm)이란, 어떤 한 시대에 지식인들의 합의로 형성된 지식의 집합체를 말한다. 즉 전문가들의 합으로 생성된 지식의 구조로서 사람들의 견해나 사고에 영향을 주는 사고방식이다. 그러나 어떤 집단의 생각 틀만을 뜻하는 것은 아니고, 개개인이 주어진 조건에서 생각하는 방식을 말한다.

독서의 이미지를 떠올려보면, 독서를 단지 책을 '읽는' 정도로 생각하는 경우가 많다. 첫 번째 '독서 패러다임'의 변화는 진정한 독서는 읽기만으로 끝나지 않는 것이다. 글을 읽고, 자기 생각을 쓰고, 말로 표현하는 일련의 과정이 이루어졌을 때, 독서가 가진 탁월성을 제대로 얻을 수 있다는 것이다. 두 번째 패러다임의 변화는 '독서백신'에 관한 것이다. 우리는 코로나19를 통해 세계가 백신의 중요성을 절감하였다. 백신은 전염병에 대하여 인공적으로 면역을 주기 위해 생체에 투여하는 항원의 하나로 생균에 조작을 가하여 독소를 약화하거나 균을 죽게 만든 주사약이다. 약화한 균을 신체에 주입하여, 병원균과 싸워 이겨낼 힘을 길러준다. 전염병을 예방하기 위해 만들어낸 것이 일반적으로 사용되는 의학적 백신이다. 여기서 '독서백신'은 활용 범위를 넓게 사회적으로 적용한 것이다. 독서백신으로 독서 항체를 형성하여 독서로 인한 행복한 삶을 추구하는 데 있다. 이런 과감한 세팅의 변화로 독서백신은 '의학적 백신'에서 더 나아가 '사회적 백신'으로 사회 구성원의 행복을 추구하게 하는 패러다임의 변화라 할 수 있다.

삶에 주어진 자극에 어떻게 반응하느냐에 따라 인생이 달라진다. 우리에게 선택이라는 문제는 삶에서 중요한 화두이다. 우리의 생각은 작은 변화를 만들어내고 결국 큰 변화를 가져온다. 작은 변화의 시작에는 선택이라는 것이 갈 길을 정해준다. 여러 갈래 길에서 자신을 구할 수 있는 것은 오직 자신뿐이다. 한 번뿐인 인생을 후회 없이 사는 길, 좀 더 가치 있는 삶의 길을 선택할 수 있어야 한다. 한 사람, 한 사람으로 시작된 독서백신 접종이 점점 확산하여 집단면역이 생긴다면, 독서백신을 맞지 않은 사람까지 독서의 분위기에 함께하게 된다. 우리는 코로나19를 통해서 집단면역력을 배울 수 있었다. 또한 독서백신 집단면역으로 자신의 가치 있는 삶은 물론이고, 사회와 국가 또한 행복에 대한 잠재력을 갖게 될 것이다.


## 독서의 '위대함'에 이르다

독서로부터 얻을 수 있는 것들은 많다. 개인에 따라 지식의 많고 적음의 차이, 활용 가치의 차이, 자신의 삶의 변화의 차이 등 여러 가지 차이가 있을 수 있다. 그러나 독서를 통해서 얻어야 할 궁극적인 것은 독서로부터 얻을 수 있는 사고력, 논리력, 직감력, 통찰력, 통섭력과 같은 능력으로 문제해결능력을 습득하여 자기 삶의 변화로 독서가 주는 위대함에 이르는 것이다.

처음부터 책을 좋아한 것은 아니었다. 책을 떠올리면 깨알 같은 글자들로 머리가 지끈거렸고, 마음부터 불편했다. 독서의 필요성은 절감하면서도 쉽게 다가서지 못했다. 그러다 아이들을 키우면서 책을 읽어주다 보니 정작 아이들보다 엄마인 내가 책을 좋아하게 되었다. 처음에는 흥미 있는 역사 소설 중심으로 읽었다. 꼬리를 물고 소설의 배경이 되었던 나라들의 역사와 문화에 관심을 갖게 되었다. 딱히 독서를 어떻게 해야 한다는 개념은 없었지만, 책을 통해 새로 알게 된 사실이나 좋은 문장들을 읽기만 하고 놓치는 것이 아까웠다. 나에게 온 소중한 선물들을 하나씩 노트에 모으기 시작했다.

처음에는 새로운 단어를 비롯해 좋은 문장들을 기록하다가 점차 읽은 내용을 정리하게 되었고, 거기에 '내 생각'을 덧붙여 글을 쓰기 시작했다. 이런 독서 활동들을 기록으로 남겨야겠다는 생각으로 독서목록을 만들게 되었고, 독서 후 글을 쓰면서 차츰 독서의 체계가 생기게 되었다. 축적된 궤적들을 바라볼 때면 가슴이 꽉 차는 뿌듯함이 있었다. 책을 통해 얻은 지식을 자기의 생각으로 기록하여 모아두는 것은 통장에 저축한 돈이 차곡차곡 쌓이는 느낌이었다. 점점 노트가 쌓여가면서 기록법을 고민하게 되었다. 처음에는 그냥 분류되지 않는 노트에 기록했다가 차츰 메인 바인더에 글을 모아 주제별로 서

브노트에 분류하게 되었다. 지금은 디지털 노트에 기록을 병행하고 있다. 이런 일련의 과정에서 독서가 주는 탁월함과 그 깊이에 대해 관심을 두게 되었다.

책을 읽고 글을 써가면서 생각의 분화와 통합의 과정을 통해 의식들이 만들어지고 있었다. 생각이 쌓이게 되면서 정리된 생각들을 누군가에게 이야기하고 싶어 입이 근질거렸다. 방법을 모색하다가 독서 모임에 들어가게 되었다. 다져진 생각을 가지고 누군가 앞에서 표현한다는 것과 다양한 사람들의 의견의 차이를 듣는 것, 다른 시각의 관점들 속에서 새로운 생각을 하는 것……. '진정한 독서란 이런 거야'라는 생각이 들었다. 책을 읽고 핵심 요약을 통해 자기의 생각을 바탕으로 글을 쓰고, 말로 표현하는 일련의 과정이 독서의 완벽한 방법이란 것을 깨닫게 되었다.

독서의 '총체성'은 결국 독서의 '위대함'에 이르게 한다. 삶의 시간 속에서 다양한 기회들이 쏜살같이 지나가고 있다. 얼마나 좋은 기회들을 놓쳤는지 생각하면 아찔하지 않은가? 왜 도전의 기회가 와도 배우면서 나아가기보다 주저하며 도피하는 길을 선택했을까? 대부분은 접근방법을 몰랐기 때문이다. 어떤 선택을 결정해야 할 때는 고민을 거듭할 수밖에 없다. 하지만 진짜 사랑하는 대상이나 자기 삶의 행복을 줄 수 있는 것이라면 선택에 있어 머뭇거릴 까닭이 없다. '독서백신'으로 한 번 생긴 항체는 평생 가는 저비용 고효율의 독서법이다. 독서백신으로 절대의 시간을 투자하여 독서항체를 형성한다면, 독서의 탁월함을 얻을 것이며, 독서의 위대함에 이를 것이다.


## 독서백신은 인생의 축복

'도둑 소년이 만난 '독서백신'은 도서관에서 훔친 책이었다.'

미국 흑인 최초로 아칸소 지방검찰 총장이 된 도둑 소년이 있었다. 1941년 미국 아칸소 지역 농촌 흑인의 집에서 13번째로 태어난 '올리 닐'이다. 인종차별이 심했던 미국 남부에서는 흑인들만 따로 다니는 작은 학교가 있었다. 올리 닐은 재능과 호기심이 많아 에너지가 넘쳤지만 올바른 방향으로 지도하려면, 항상 나쁜 방향으로 가 버리는 아이였다. 어느 날, 여러 가게를 돌아다니며 물건을 훔치다가 현장에서 발각되기도 하였다.

1957년 고등학교 3학년 때, 수업을 빼먹어 도서관에서 봉사활동을 하게 되었다. 진솔하고 헌신적인 '그래디' 선생님은 올리를 가능성이 많은, 똑똑한 아이로 보고 그를 변화시키려고 노력했다. 그러나 올리는 그런 선생님을 조롱하고 울리기까지 했다. 도서관에 간 올리는 두리번거리다가 소설 코너에서 흑인 작가 '프랭크 예르비'가 쓴 소설책을 꺼내 책을 훔치고 말았다. 며칠 후 올리는 책을 다 읽고, 도서관에 가서 몰래 제자리에 꽂아놓았다. 그런데 바로 옆에 예르비가 쓴 또 다른 책을 발견했다. 그 책을 또 훔쳤다. 그리고 밤새 즐겁게 읽었다. 다음날 책을 도서관에 되돌려 놓으려고 갔다가 자신이 보지 못했던 예르비가 쓴 다른 책을 찾아냈다. 그는 예르비의 열혈 독자가 되었고, 이제 독서는 올리가 즐겨하는 일이 되어버렸다. 그의 희망은 대학 진학으로 로스쿨에 가면서 실현되었다. '올리 닐'은 에칸소의 선구적인 흑인 변호사가 되었고, 인권운동에도 앞장섰다.

올리는 2001년 고등학교 동창회에서 책을 가슴에 품고 하염없이 울고 있었다. "말도 안 돼, 이럴 수가! 이 모든 것이 다 선생님 덕분이었다." 올리가 처음으로 책을 훔치던 날, 그래디 선생님은 올리가 책을 훔치는 것을 보았고, 그를 막아서고 나무라고 싶었다. 하지만 올리가 당황할 수 있다는 생각에 아무런 내색도 하지 않았다. 다음날 그녀는 110km 떨어진 멤피스로 갔다. 쥐꼬리만 한 월급이지만 올리가 마음과 정신을 열 수 있다는 희망으로 예르비의 책을 몇 차례에 걸쳐 구입한 것이다.

그래디 선생님은 말한다.

"나는 네가 두 번째 책을 훔칠 때 참 짜릿하고 기뻤단다."

'올리 닐'이 훔친 책은 '독서백신'이 되었고, 선생님은 그 백신을 접종해준 분이시다. 도둑질이라는 사실을 알면서도 올리가 마음과 정신을 열 수 있다는 희망이 있었기에 눈을 감은 것이다. 독서의 계기를 만들어 독서의 맛을 알게 하고, 독서와 함께하는 삶으로 자기 인생의 가치를 만들어 내게 한 것이다. 그런 의미에서 올리가 '훔친 책'은 독서를 영원히 할 수 있게 한 '독서백신'인 것이다.

세계 최고의 부자인 빌 게이츠는 자신을 키운 것은 동네 도서관이었다고 말한다. 자기의 생각을 가능하게 하였고 지금의 삶을 있게 한 것이 독서에 있었다고 한다. 그는 '책벌레'라는 독서항체 유전자를 가지고 태어난 것이다. 모두가 독서에 대한 항체 유전자를 가지고 태어나면 큰 축복이겠지만, 그렇지 못한다 해도 그와 같은 효과를 발휘할 수 있는 '독서백신'을 투여할 수 있다면, 그에 못지않은 축복이 될 것이다.

## 독서백신으로 독서항체를 만들다

독서항체는 그 자체로 에너지 생산원이며, 삶의 내비게이션 앱을 머릿속에 정착하는 것이다. 독서항체는 독서백신의 투여로 절대의 시간을 넘어섰을 때 만들어진다. 독서항체의 빛의 발원으로 쌓여질 지혜의 산실에서 무한정 지혜를 뽑아낼 수 있으니, 이 얼마나 감격스러운 일인가?

얼마 전 코로나19 백신을 접종했다. 어깨 부위가 묵직하더니 열감이 느껴졌다. 저녁 무렵에는 오한과 근육통으로 전신이 아팠다. 코로나와 싸워 이겨낼 힘을 기르기 위해 겪어야만 하는 시간이었다. 고통의 시간을 견뎌내기 위해 타이레놀을 복용했지만, 일주일 동안 통증은 계속되었다. 독서백신도 마찬가지다. 독서가 생활화되기 위해서는 독서의 임계치를 넘어서기까지 '절대의 시간'이 필요하다. 절대의 시간이란 개인 노력 여하에 따라 줄일 수는 있지만, 이 시간의 투자 없이는 독서의 경지에 이를 수 없는 시간이다. '독서백신'은 절대의 시간 동안에 수행하게 될 프로토콜이다. 임계치를 넘어서고, 절대의 시간을 이겨내므로 독서항체가 형성된다.

불황이라는 일본 출판계에 120여만 부를 판매하여 신드롬을 일으킨 책,《불꽃》은 권위 있는 아쿠타가와 문학상까지 수상한 작가의 자전적 이야기를 가미한 청춘 소설이다. 이 책의 작가는 소설가나 문학가가 아니라 '마타요시 나오키'라는 일본 개그맨이다. 그는 그저 유명하지도 않고, 인기도 없는 그저 그런 개그맨으로 길에 떨어져 있는 돈을 줍기 위해 돌아다닐 정도로 가난했다고 한다. 1980년 오사카 출신으로 2003년 콤비 개그 '피스'로 데뷔했다. 중학교 때 '아쿠타가와 류노스케'의 소설을 읽고 독서에 매료되었다. 무명 개그맨으로 가난과 자괴감에 시달리면서도 시간이 날 때마다 서점에 드나들며 책을 읽었다. 지금까지 2,000권이 넘는 책을 읽었고, 다자이 오사무의 책을 좋아해《인간 실격》은 형광펜으로 줄을 그어가며 백 번 정도 읽었다고 한다. 동네 헌책방을 드나들며 책을 읽었던 그

197

가 처음 쓴 소설 《불꽃》은 100만 부가 넘게 팔리며 인생 역전을 이루게 되었다.

중학교 때에 만난 '아쿠타가와 류노스케'의 소설은 '마타요시 나오키'에게 독서백신이 되어 몸에 독서항체를 형성하였고, 나오키는 영구 면역력을 가지게 된다. 그로 인해 독서가 주는 탁월성을 얻게 되었고, 독서가 주는 위대함에 이르게 된 것이다. 무명 개그맨으로 가난과 자괴감에 시달리면서도 시간이 날 때마다 서점으로 가서 읽었던 독서로 자기 삶에 있어 가치 있는 것을 선택하게 했고, 최고의 저자가 되게 하는 원동력이 된 것이다. 이렇듯 독서항체가 형성되면 나중에는 힘들이지 않고도 독서의 탁월성에 다가설 수 있음을 말해 주고 있다.

열심히 꾸준히 노력하면 목표에 도달할 수 있다. 노력만 하면 뭐든지 다 할 수 있다. 그렇지 않다. 열심히 노력해도 목표를 이루지 못한 데에는 분명한 이유가 있다. 뭔가가 부족했기 때문에 이룰 수 없었던 것이다. 독서도 무작정 열심히 읽기만으로 독서의 가치를 다 얻을 수 없다. 독서의 목적을 제대로 인식하고, 목표에 이를 수 있는 구조적 체계 안에서 올바른 연습을 일정 기간에 걸쳐 수행해야 실력이 향상되고 원하는 목표에 도달할 수 있다.

# 독서백신의 모형

팀 페리스는 《타이탄의 도구들》에서 말하고 있다. "패자에게는 목표가 있고, 승자에게는 체계가 있다. 목표는 하나의 골인의 지점을 말한다. 골을 향한 갈망만 가지고 골을 넣을 수 있는 게 아니다. 골을 넣기 위해서는 보다 체계적인 학습과 훈련으로 단련해야 한다. 습관이란 매일 같은 행동을 반복하는 행위이며, 습관이 된다는 것은 몸으로 체화되어 큰 에너지를 들이지 않고도 이룰 수 있다는 것이다. 체계가 구축되면 살만 붙이면 된다." 어떤 일을 할 때 제대로 된 체계를 구축한다는 것은 목표 도달의 지름길이며 왕도(王道)이다. 독서 체계가 구축된 독서백신 모형의 제시에 따라 성실함으로 절대의 시간을 견디어 낸다면 독서의 '총체성'에 이르게 될 것이다.

말하기와 글쓰기 그리고 읽기는 정신 활동이라는 점에서 하나로 연결되어 있음을 베이컨은 《수상록》에서 이미 강조했다. 독서가 줄 수 있는 탁월성을 얻기 위해서 읽기와 더불어 글쓰기와 말하기가 결합하여야 한다. 독서가 수동적으로 책에 있는 지식을 머리 안에 암기하는 작업이 아니라, 재창조를 위한 계기를 마련하는 행위라고 볼 때, 말하기와 글쓰기에 연결된 독서는 더욱 중요해진다. 그때야 독서는 새로운 정보와 가치를 창출하는 능동적인 과정이 된다.

지식이 지식으로 끝나지 않아야 한다. 책 읽기가 읽기로만 끝났을 때, 독서가 주는 효율성은 1/3 정도에 그치고, 독후 활동까지를 포함했을 때는 1/2 정도의 효율이다. 그러나 책을 통해 얻게 된 자기의 생각을 글로 써 볼 때에는 2/3 정도의 효율을 나타낸다. 쓴 글을 바탕으로 독서 토론까지 일련 과정을 거치면 비로소 완벽한 독서법이라 할 수 있다.

독서의 '총체성'을 최대한 얻기 위해서는 독서법의 변화가 필요하다. 그 방안으로 '독서백신'을 제시한다. 읽기는 글을 쓰면서 거듭나고, 읽기와 쓰기가 말하기로 완성된다. 효율적 독서를 위해 만들어진 '독서백신'은 읽기 영역, 글쓰기 영역, 말하기 영역, 읽기와 글쓰기 영역, 읽기-말하기 영역, 글쓰기-말하기 영역, 읽기-글쓰기-말하기(읽·쓰·말) 영역 등 7가지 영역으로 구성되어 있다. 하나하나의 영역이 주는 유용함이 있지만, 세 영역(읽·쓰·말)의 교집합의 부분은 독서의 '총체성'을 드러내는 핵심 영역이다.

## 독서백신의 모형

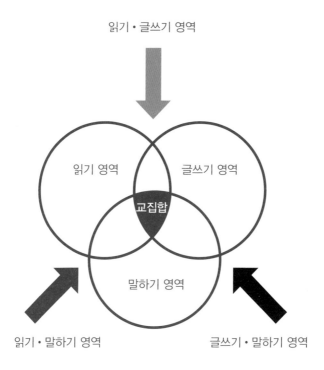

읽기 · 글쓰기 영역

읽기 영역

글쓰기 영역

교집합

말하기 영역

읽기 · 말하기 영역

글쓰기 · 말하기 영역

인간은 모든 것을 통제하고 싶어 한다. 인간은 스스로 통제하는 느낌을 좋아한다. 어떤 목표를 달성하기 위해서는 자율의 의지보다 통제력이 느껴져서 통제한다는 느낌이 필요하다. 어떤 것인가를 알고 통제한다는 느낌이 오면, 재미를 느끼게 되고, 통제된 영역에서 성취감을 맛보게 된다. 독서의 시작점에서 독서백신으로 기본적 통제력을 기른 것이 중요하다. '독서백신'은 스스로 통제하면서 길을 안내해줄 것이다.

## ➡ 읽기 영역

괴테는 "나는 독서 하는 방법을 배우기 위해서 80년이라는 세월을 바쳤는데도 지금까지 그것을 잘 배웠다고 말할 수 없다"라고 말한다.

'우리는 무엇을 읽는가?' 과연 책을 통해서 무엇을 읽는 것일까? 읽기와 관련 있는 모든 것들, 즉 독자와 저자, 출판사와 책, 다시 말해 읽기의 현재와 미래는 서로 연결되어 있다. 읽기란 글에 제시된 다양한 선현(先賢)의 정보로부터 현재 동시대 사람이나 미래를 내려다보는 전략적인 정보까지 포함해서 글에 제시된 무수한 정보와 현재 독자가 보유하고 있는 각 나름의 배경지식을 연결한다. 또한 독자 나름대로 새로운 의미를 구성하는 창의적이고 능동적인 사고 과정이다. 책은 나와 세상을 읽게 하고 무언가를 다시 하게 한다. 책 읽기는 내가 머무르는 세계를 돌파시킬 몸부림이다. 또한 내 속에서 솟아 나오려는 것을 알아내고 그것을 싸워보려는 투쟁이다. 새롭게 태어나고자 하는 사람이 치러야 하는 대가이다.

독서는 독해의 과정으로 내용을 이해하고, 저자가 책 속에 심어

놓은 생각과 감정을 읽어내고, 그것을 바탕으로 세계와 인간과 나 자신을 더 깊게 정확하게 이해하는 것이다. 저자의 생각이 내 생각이 되어가는 과정이 책읽기 과정이다. 무엇을 읽느냐가 중요한 이유는 그것이 읽는 사람의 생각에 큰 영향을 미치기 때문이다. 그래서 주어진 재료가 좋아야 좋은 생각을 하고 좋은 아이디어를 얻을 수 있듯이 좋은 책을 읽는 것과 책 읽는 즐거움을 아는 것이 중요하다.

처음 독서를 시작할 때는 정독으로 시작하여 작가의 의도를 정확히 파악하는 것이 중요하다. 또한 문맥의 이해와 독해의 수준을 높이는 훈련은 자신이 가장 재미있게 여기는 책부터 시작하는 것이 좋다. 또한 책 읽기는 연속성을 잃지 말고 이루어져야 한다. 책읽기로 얻을 수 있는 것은 너무도 많다. 얼어붙은 영혼을 깨는 자극제가 되고, 사유의 씨앗이 되고, 사고의 심화로 연결되어 생각 근육을 키우며, 미처 몰랐던 자신을 발견할 수 있고, 자신을 알고 자기 삶을 개척하게 된다.

### ➡ 글쓰기 영역

글쓰기는 뛰어난 사고 형성 기능과 관련이 있다. 글쓰기는 단순한 생각이나 지식을 전달하기 위한 것이 아니다. 글쓰기는 엉킨 생각을 명료하게 정리해주는 신비한 마력이 있다. 독서 후, 핵심을 정리하고 그것에서 무엇을 배웠으며 어떤 생각을 가지게 되었는지를 정리해 보아야 자기 생각이 만들어진다. 글을 쓴다는 것은 하나의 세계를 이해하는 탐구과정으로 자신이 느낀 것을 바로 정리해 봄으로써 생각하는 힘을 키울 수 있다. 우리는 글을 쓰면서 생각을 정리하고 글을 쓰면서 새로운 생각을 만든다. 글쓰기가 사고를 체계화하고 논리적 사고와 더불어 창조적 사고를 키운다.

글쓰기는 끊임없이 자기 자신과의 대화를 통해 자신 내면을 향하게 한다. 글쓰기는 일종의 자아확립 과정이다. 실제로 글을 쓸수록 가벼워지는 기분이 들면서 자기 삶에 무게 중심이 제대로 잡히는 것을 절실히 체험한다. 그래서 글쓰기에는 생명력이 있다. 생각을 바꾸고 행동을 바꾸라고 요구하며 인격 성숙을 경험하게 된다.

우리의 사고력을 지배하는 것은 어휘력이다. 표현이 단순해지면 생각이 단순해지고 반대로 다양한 표현을 알고 있으면, 감정이나 사고 자체가 복잡해지고 치밀해진다. 글을 쓰다 보면 실력이 향상된다. 짧게나마 자신 생각을 요약해서 써 보는 것이 중요하다. 글쓰기는 사고력의 심화와 사유 확장을 통해 자기 생각을 갖게 하고, 자기성찰을 통한 자기의 길을 개척하게 한다. 또한 감정의 정화를 통해 긍정적인 사고를 유도하고, 치유와 안정을 찾을 수 있게 한다.

### ➡ 말하기 영역

독서가 독이 되는 경우도 있다. 독서는 자신을 더 넓은 세계로 이끌어 주는 것이지만 혼자서 하게 되면 자신의 편협한 세계에 갇힐 수도 있다. 독서가 편협한 사고의 재확인으로 끝나지 않기 위해서 독서 토론이 이루어져야 한다. 독서 토론은 자신의 생각을 말로 표현하게 되므로 책에서 얻은 지식을 다시 체득하는 시간이며, 지식으로 그칠 수 있는 혼자의 독서가 살아있는 지식으로 바꾸는 계기가 된다. 독서 토론은 하나의 관점에서 그치지 않고, 다른 사람의 여러 관점에서 생각하기 때문에 사유를 확장하고 지식의 공유와 융합을 끌어낼 수 있으며, 예기치 못한 생각을 얻게 되는 생각의 기폭제가 되기도 한다. 또한 말로 표현하는 과정에서 전체의 흐름을 파악하는 조감력과 통찰력이 생기게 된다. 한 권의 책을 읽고, 자신의 시야를 넓히는 유용한 방법이기도 하다.

### ➡ 읽기와 글쓰기 영역

글쓰기를 잘하려면 아주 정확한 어휘와 훌륭한 문장으로 잘 쓴 책을 많이 읽고 반복해서 읽는 것이 좋다. 또한 '읽기와 글쓰기'가 결합하여 단 몇 줄이라도 정리된 내 생각과 연결되는 경험을 하게 되면, 훌쩍 자라난 자신의 사고능력을 마주하게 된다. 알아야 말을 하고 쓰는 것이 아니다. 이들은 서로 긴밀하게 연결되어 진행된다. '책이 나에게 무엇을 전해줄 것인가?'를 찾는 수동적인 독서법에서 벗어나 '책에서 무엇을 얻을 것인지' 판단하고 선택하는 능동적인 독서로 책을 읽는다면, 놀라운 변화를 가져오게 된다.

글쓰기를 전제로 책을 읽게 될 때는 독서에 대한 목표 의식이 생기므로 더 집중하여 읽게 된다. 읽기를 통해 생산된 지식을 구체화하기 위해서는 표현해야 한다. 글쓰기라는 표현의 과정을 통해서 논리적이고 체계적인 사고가 이루어지고, 사유의 영역 또한 확장된다. 출력을 전제로 읽기와 글쓰기가 병행되면 효율적인 책 읽기가 된다. 읽기를 위한 글쓰기는 선택이 아니라 독서의 빼놓을 수 없는 과정이다.

### ➡ 읽기와 말하기 영역

책을 읽고 자기의 생각을 말로 표현하는 것은 중요하다. 혼자 읽을 때와 비교할 수 없을 정도의 깊고 풍부한 내용 전달이 이루어진다. 출력이라는 글쓰기와 말하기를 전제로 한 읽기는 적극적인 독서법으로 독서 효율을 증진하며, 전략적인 책 읽기가 되는 것이다. 책을 읽고 자기의 생각을 말로 표현할 때에는 할머니도 이해할 만큼 쉽게 설명할 수 있도록 연습한다. 자기의 생각을 말로 표현할 때는 다시 한 번 생각해 볼 수 있는 기회가 되어 사고가 깊어지며, 사고의 논리와 체계를 갖추게 된다. 또한 토론에 참석한 사람들의 경험이나 느낌, 감정과 개인적인 의견 등이 융합되어 제3의 관점이 생겨 아이디어나 적용점을 찾아낼 수도 있다.

### ➡ 글쓰기와 말하기 영역

자기 생각을 표현하는 중요한 수단은 글을 쓰는 것이나 말을 하는 것이다. 사회생활에 꼭 필요한 요소이기도 하다. 글을 잘 쓰고, 말을 잘한다는 것은 성공적인 사회생활의 기반이 된다. 글쓰기는 사유의 과정을 통해 자기 생각을 정리할 기회를 제공하고, 사고에 논리적인 체계성을 갖게 된다. 또한 말로 자기 생각을 표현할 때에는 어휘가 체화되고, 체화된 언어는 사고체계의 기반이 된다. 생각이 발전하면 미래에 대한 희망도 밝아지고, 행동하고자 하는 의지도 솟아오른다. 결국 표현이라는 것은 의지의 실현이다. 글쓰기와 말하기는 자기표현 능력을 기를 수 있고, 자기의 생각을 만들어가며 자아 확립으로 독자적인 관점을 가지고 다른 의견들을 통합할 수 있다.

➡ '읽 · 쓰 · 말' 교집합 영역

읽기와 글쓰기, 말하기는 별개의 과정이 아니다. 독서의 삼위일체이고, 독서의 '총체성'에 이르게 한다. 독서는 형식상으로 분리되어 있을 때도 정신 활동의 일부라는 점에서 긴밀한 연결이 된다. 분리된 영역과 영역들의 합이 아니라, 영역과 영역들의 긴밀한 연결성이 하나 될 때는 독서의 고차원적 탁월성이 드러나게 된다. 독서모형에서 볼 수 있듯이 읽기, 글쓰기, 말하기(읽 · 쓰 · 말) 교집합 부분은 독서백신 모형의 핵심이며 결정체이다. 교집합 영역의 구체적인 탁월함을 크게 세 가지로 말할 수 있다.

읽 · 쓰 · 말의 영역에서 얻을 수 있는 독서 탁월함의 첫 번째는 책을 통한 영혼의 자극은 의식의 변화를 이끌어내어 자기의 삶을 변화시키는 삶의 혁명제가 되어준다. 성찰의 기회를 갖고 자신을 발견하며, 자신의 존재 이유와 삶의 이유를 찾아 인간다운 삶을 추구하게 한다.

두 번째는 어떤 문제의 상황에 치우치지 않고, 동시에 여러 요소를 고려함으로 인생의 방향을 지혜롭게 통제할 수 있는 능력이 생기는 것이다. 결국 통찰력과 사고력을 높이는 것이고, 궁극적으로 문제 해결 능력과 살아가는 힘을 강화해주는 것이다. 내일을 살아갈 자양분이 된다.

세 번째는 독서의 마지막 지점에서 만나는 '사랑'이다. 인간을 이해하는 조망수용능력을 싹트게 하여, 나를 넘어서 너를 향하는 마음이 되고, 우리를 향하는 공동체적인 생각으로 함께 살아가는 사회를 꿈꾸게 한다. 우리가 꿈꾸는 공동체가 작고 여린 것이 환대받는 사회, 나와 다른 것이 따뜻하게 받아들여지는 사회, 타인에 의한 수용을 통해 치유의 싹이 꽃을 틔우는 사회가 되도록 할 것이다. 즉, 사랑을 알고 실천하는 삶으로 나아가게 된다.

벌은 1파운드의 꿀을 생산하기 위해 5만 6천 개의 클로버꽃을 찾는다고 한다. 꿀 한 수저를 위해 꽃을 찾아 4,200회의 여행을 하고, 매일 10회의 여행을 한다. 한 번 나가면 평균 20분을 날아다니며, 400개의 꽃을 찾아다닌다. 일벌은 꽃을 찾기 위해 8마일까지 날아야 한다. 한평생 동안에 지구 둘레의 세 배에 달하는 거리를 날아다닌다. 1파운드의 꿀을 얻기 위해 엄청난 인내의 거리를 날아야 한다. 공짜로 주어지는 것은 그만큼 쉽게 흘려보낼 수 있는 것이다. 귀하고 가치 있는 것을 얻기 위해서는 자신의 소중한 그 무엇을 내놓아야 한다. 독서는 자신의 수고와 인내가 필요하다. '독서백신'은 어떻게 하면 짧은 시간에 효과적으로 읽고, 사유를 통한 생각을 얻어내고, 삶과의 연결성으로 의미를 재창출을 할 수 있느냐에 초점을 맞춘 것이다. 독서백신이야말로 제대로 된 독서의 길로 이끌어줄 내비게이션이 되어줄 것이라고 확신한다.

# 독서백신으로 독서항체를 만들자

## 1단계 처방 : 마음 준비 단계(마음가짐과 태도)

성공적인 독서를 한다는 것은 자신을 이기는 것이다. 이긴다는 것은 자신의 마음을 다스린다는 것을 말한다. 자신의 마음을 다스릴 수 있는 사람은 무엇이든 다 할 수 있다. 성공한 사람들은 대부분 자신의 마음을 다스릴 수 있는 사람들이다. 어떤 일을 하든지 준비 없는 시작은 없고, 준비를 어떻게 하느냐에 따라 결과도 달라질 것이다. 그렇다면 독서 전에 어떤 준비를 해야 하는가?

### 독서는 마음가짐에서 결정된다

이이는 《격몽요결》에서 "책을 읽는 사람은 두 손을 모으고 똑바로 앉아 공경히 책을 대해야 한다. 마음을 통일하고 뜻을 모아 골똘히 생각하고, 깊이 두루 살펴 뜻을 철저히 이해하되 모든 구절마다 반드시 실천할 방법을 찾도록 해야 한다"라고 했다. 독서를 하는 사람의 자세로 실천을 강조하였다. 또한 책을 통해 스스로를 도야하고 정신적으로 성장해 나가고자 하는 데는 오직 하나의 원칙과 길이 있으며, 그것은 읽는 글에 대한 경의, 이해하고자 하는 인내, 수용하고 경청하려는 겸손함이다.

독서 성공의 여부는 마음가짐과 태도에 있다. 마음가짐은 독서의 이해력과 흡수력의 정도, 깊이 있는 사고력 등 책 읽는 방식에 커다란 차이를 드러낸다. 독서 전에 '왜 책을 읽는가'에 대한 성찰이 필요하다. 인간의 행위는 자발적 동기가 전제가 될 때 의미가 있다. 책 읽기의 주체가 되어 뭔가를 '얻는다'라는 생각보다 '찾는다'라는 적극적이고 능동적인 태도가 중요하다. '이 책에는 어떤 새로움이 있을까?'라는 기대감으로 책을 대하는 마음은 짧은 기간 많은 책을 소화해낼 수 있게 한다. 책읽기는 마음가짐과 자세에 따라 책과의 승부가 결정된다.

새롭게 책을 읽으려는 사람은 누구든지 자기보다 앞서 그 책을 읽었던 사람들에게 그 책이 어떤 존재였을까를 상상할 수 있다. 그런 상상으로 독자는 영향을 받는다. 한 권의 책은 작가 자신의 역사를 독자에게 안겨주는 것이다. 한 권의 책에 대한 존경의 마음을 가지고, 애정과 열정을 가지고 읽어야 하는 것은 독자가 갖추어야 할 예의(禮儀)라고 생각한다. 경건함과 겸손의 자세가 자기 내면의 발견과 내적 성장의 기초가 되는 독서여야 한다. 하나를 읽어도 마음으로 대할 수 있고, 깊이 스며들 수 있는 마음의 상태를 만들어두어야 한다.


## 목표를 향해 절실함을 가져라

닐 도널드 월시는 《신과 나눈 이야기》에서 "어떤 일을 할 때, 한 가지 마음과 단 하나의 목적만을 갖도록 하라. 그리고 그것을 현실로 만들어낼 때까지 마음이 거기서 떠나지 않도록 하라. 초점을 맞추고, 중심을 잡고, 거기에 머물러라. 뭔가를 원할 때 온 힘과 온 마음을 다해 그것을 선택하라"라고 말한다.

얼마만큼의 절실함으로 하느냐에 따라 체험하게 되는 바가 다르다. 책 읽기에서 태도는 동기 발견이나 목표 설정보다 더 중요하다. 태도라는 것은 상황이 주어질 때, '어떻게 행동하는가?'를 결정짓기 때문이다. 태도 속에는 결정적으로 상황을 평가할 수 있는 자신의 가치관이 녹아 있다. '어떤 가치관을 가지느냐'에 따라 독서의 여부와 방법 그리고 수용의 여부까지가 결정나게 된다. 무언가에 절실한 마음을 간직한 사람과 절실히 바라지 않는 사람의 눈과 가슴은 시야의 범위와 뜨거움의 정도가 전혀 다르다. 창조의 최대 에너지는 절실함이며, 그 절실함에서 태도가 나오게 된다. 준비하는 태도를 가진 사람이 순간의 주인이 된다.

## 의식(儀式)은 독서 활동을 숭고하게 한다

'의식(儀式)이란, 종교적 혹은 그 밖의 숭배 의식을 정해진 순서대로 실행하는 것을 말한다.'((옥스퍼드 사전)) 즉, 어떤 활동을 의식으로 생각하면 그것들을 받아들이는 마음가짐이 완전히 달라진다. 의식은 내가 그 일을 좋아하는지에 대해 생각할 필요가 없다. 의식은 내가 옳은 일을 하고 있다고 친절하게 상기시켜준다. 성공한 사람들의 특징은 습관에다가 자신만의 의식을 심어주는 것이다. 이 습관이 의식의 차원으로 올라오게 되면, 습관을 의식의 영역으로 생각하면서부터 자신이 하는 일을 숭고한 활동으로 하게 만든다. 의식이란 것은 인간과 인간의 관계에서도 필요하고, 인간과 개인의 활동 사이에서도 의식의 관계가 중요하다.

의식이란 것은 숭고한 것이다. 모든 종교인이 그런 것은 아니겠지만 믿음이 좋은 종교인들은 거룩한 마음으로 종교의식을 치른다. 매일의 습관에도 이런 거룩한 의식을 가지고 진행한다면 꾸준히 일관성 있게 효율성을 높이는 결과를 가져올 것이다. 자신이 중요하게 생각하는 일일수록 자신만의 의식을 의도적으로 갖는 것이 필요하다. 믿음이 깊은 종교인들은 거룩한 마음으로 종교의식을 치른다. 하루의 삶을 이런 거룩한 의식을 가지고 살아간다면, 삶의 의미도 깊어지고 더불어 행복할 것이다. 형식의 틀에 얽매이는 것을 싫어할 수 있겠지만 의식과 같은 형식이 마음을 지배하게 되므로 얻고자 하는 것을 얻기 위해 의도적인 의식(儀式)을 가져보기를 권한다.

축구나 야구 등 국가대표 선수들 또한 항상 경기에 임하기 전에 자신만의 의식을 행하여 최적의 컨디션을 만든다고 한다. 의식의 형태는 다양하고 개인적이다. 그러나 거기에 담긴 마음만은 좋은 경기를 치를 수 있기를 기도하는 마음이다. 그러한 의식은 아무것도 아닌 것처럼 보여도 자신에게는 평안함과 침착함으로 마음을 다질 수 있는 행동이며, 승리에 대한 자신감을 북돋는 행위이다.

시간이 지날수록 '책은 축복이다'라고 생각하게 된다. 책이 주는 깨달음이 많아질수록 책을 함부로 다룬다는 것이 용납되지 않는다. 언제부턴가 책을 읽기 전에 '나만의 의식'이 생겼다. 보여줄 만한 거창한 의식이 있는 것은 아니다. 책에 대한 기대와 설렘을 가지고, 손님을 맞이하듯이 주변을 깨끗이 정리한다. 성당 세례식이 거행될 때의 경건함으로 책에 두 손을 올려놓고, 눈을 살짝 감는다. 책을 열심히 읽어보겠노라고, 책이 있어 행복하다고, 온전히 흡수해서 내 것으로 만들어보겠다고 욕심까지 담아 기도를 한다. 참된 의식은 강요되는 것이 아닌 마음에서 우러나오는 자연스러운 행동이다. 이러한 행위가 의식(意識)이 살아있는 독서로 이끈다.


## 황금을 캐러 가듯 독서하라

미국 사상가이자 시인, 랄프 왈도 에머슨은 "책과의 의사소통은 입술과 혀끝이 아니라 두 뺨과 홍조와 두근거리는 가슴으로 받아들여

지거나 보내지는 법이다"라고 말한다. 새 책을 접할 때의 설렘과 두근거림이 있다. 한 페이지 한 줄 한 줄이 내 심장에 날아온 꽃씨가 되어, 싹을 틔우고 예쁜 꽃을 피우겠다고 생각하며, 까만 눈동자가 파랗게 빛을 낸다. 책과의 만남의 시간은 사랑하는 연인의 마음이 된다.

독서에도 좋아하는 마음이 중요하다. 내가 좋아하는 책을 읽을 때, 그 어떤 책보다 더 깊게 읽을 수 있고, 즐거움과 행복을 느낄 수 있다. 나의 책을 읽기 전의 마음은 황금을 캐러 가는 광부라 할까? 아니면 만선을 꿈꾸는 어부의 부푼 마음이라고 할까? 황금이든 물고기든 많이 가져오겠다는 의욕으로 독서를 시작한다. 욕심이 많은 나는 항상 무언가를 채운다는 것에서 행복감을 많이 느꼈다. 수고에 비해 훨씬 값진 것을 얻는다는 것은 매력적이고 유혹적인 일이다. 힘들게 광산에서 캐온 금을 가지고, 순도 백의 금으로 멋진 세공을 거쳐서 만들어질 금반지, 금목걸이를 생각해 보라. 배에 가득히 물고기를 싣고 오는 어부의 마음을 느껴보라. 어찌 설레지 않을 수 있겠는가? 책과 만남의 시간은 목적을 위해 내딛는 발걸음에는 기대와 설렘이 있을 수밖에 없다.

《책은 망치다》의 황민규는 "독서를 위한 유일한 준비물은 애정과 열정이다. 진심 어린 애정은 책 속에 담긴 진풍경의 문을 여는 열쇠이다. 애정 없는 독서는 모래성을 쌓는 것처럼 의미도 없고, 시간만 낭비하는 것이다. 애정이 책의 내면을 들여다보는 방법이라면, 열정은 내면세계를 휘젓고 다니며, 책 속에서 얻을 수 있는 열매를 딸 수 있는 힘이다. 열정은 자신을 성장시키고 인류를 변화시키는 힘이다"
라고 말한다. 애정과 열정은 금을 캐는 광부와 어부에게 최고의 도구
이다. 정신의 눈은 깊어지고, 마음이 뜨거워지고, 오감의 촉각이 예
민해진다. 책을 읽는다는 것은, 떨어진 물건을 줍는 것이 아니다. 힘
과 땀으로 캐내야 얻을 수 있는 것이나. 그러나 힘과 땀만으로는 금
을 많이 캘 수는 없다. 뜨거운 열정이 함께할 때, 많은 금을 캐낼 수
있을 것이다.


## 2단계 처방 : 읽기의 단계(사유하고 연결하라)

식사할 때 음식의 맛을 음미하고 먹는다는 것은 즐거움이다. 독
서도 마찬가지다. 독서가 주는 맛을 느낄수록 독서를 더 재미있게 할
수 있다. 독서가 주는 맛의 기쁨들은 여러 가지가 있다. 앞에 2부에
서 '독서가 주는 작은 승리의 기쁨이 있었다'를 참고하여, 독서가 주
는 맛을 음미해 보고, 발달시켜 볼수록 독서에 깊이 몰입할 수 있게
될 것이다. 진입 장벽이 없어지고 재미를 느끼며 읽게 될 때, 독해력
의 향상뿐 아니라 엄청난 사고력의 확장을 가져오게 된다. 독서의 재
미와 흥미가 강할수록 독서의 몰입도가 깊어진다. 어느 때는 시공간
감각이 둔해지고, 생리현상도 못 느낄 정도로 독서에 몰입되면서 극

도의 황홀경을 느끼게 된다. 독서가 주는 최고의 경지, '황홀경'을 꼭 느껴볼 수 있기를 기대한다. 한 번 매혹된 느낌은 다시 독서로 이어질 수밖에 없다.

독일의 언어학자 한스 요아힘 그립(Hans-Joachim Griep)은 《읽기와 지식의 감추어진 역사》에서 말한다. "여러 학문의 지식을 일목요연하게 정리한 책이란 것이 하나의 나무라면, 읽기는 그것을 위한 토양이다. 읽기가 중요한 이유는 무의식적으로 살지 않으려는 몸부림이기 때문이다. 다양한 분량의 책과 언어, 문자 등의 지적 읽기는 곧 새로운 지식을 하나씩 발견하고 축적해갈 수 있었던 인류 문명의 근원적인 힘이 되었다. 읽기 행위가 없었다면, 인간 정신의 발달도 없었다"라고……. 나는 읽을 때 살아 있음을 느낀다는 말과 같이 읽는다는 것은 지상 최대의 행복이며, 삶을 풍요롭게 하는 원동력이라고 생각한다. 한 권의 책을 읽는다는 것은 작가의 생각과 마음을 읽는 행위일 뿐만 아니라 궁극적으로 나를 읽는 것이고, 세상을 읽는 것이다. 그렇다면 '어떻게 읽어야 하는가?'

### 수준에 맞고 흥미 있는 책으로 시작하기

독서란 글을 읽고 의미를 알고, 그 글의 의미에 자신이 가진 배경 지식을 결합해 새로운 의미를 구성하는 사고 활동이다. 쉽지 않은 고도의 두뇌 활동이기에 많은 사람이 독서를 싫어한다. 모든 행위에 있어서 흥미와 재미가 없으면 놀이가 아닌 힘든 노동이 되고 만다. 처음 책을 읽을 때는 재미있고 만만하고 흥미 있는 책으로 시작하는 것이 좋다. 읽는 시간이 즐거워야 한다. 그래야 다 읽고 나서, 다시 읽고 싶은 생각이 든다. 이런 성취감은 동기부여를 만들어 계속 책을 읽게 할 것이다. 처음부터 책에서 어떤 진리를 찾으려고, 위대한 무엇인가를 발견하겠다는 욕심이 앞서면, 책이 자신을 지배하게 되어 압박감에 도망치게 된다. 재미와 흥미는 지적 탐구의 시작이고, 읽기의 진정한 가치를 발견하게 한다.

재미는 자연스럽게 독서로 이끌고, 점점 몰입하게 되면 생각이 깊어진다. 독서의 재미에 푹 빠질수록 호기심은 또 다른 영역으로 옮겨가게 된다. 독서에서 중요한 것은 즐거움을 느끼는 것이다. 흥미 있는 책을 읽다 보면, 재미와 더불어 독서의 틀이 조금씩 형성된다. 이 시기가 지나면 흥미 위주보다는 유익함을 주는 책을 선택하는 것이 좋다. 책을 읽어가며 감동적인 문장이나, 매혹적인 표현, 새로 알게 된 내용은 밑줄을 긋고, 다시 읽고 싶어질 것 같거나, 사색이 필요한 문장은 발췌해도 좋다. 유익함을 주는 약간의 두꺼운 책을 읽다 보면, 책에 대한 거부감이 줄어들게 된다. 두꺼운 책에도 거부감이 사라지면 소위 말하는 '선정 도서' 중심으로 책 읽기에 도전한다. 처음에는 어렵게 느껴지던 것도 독서를 꾸준히 하다 보면 '거름망 이론'의 원리에 의해 조금씩 쉽게 느껴진다. 거름망 이론이란, 책을 읽을 때, 이해되지 않는 것들은 그물 속으로 빠져나가 버리지만 지속적으로 책을 읽다 보면 중복되고 겹치는 부분들이 생기면서 그물망 밖으로 빠져나가는 것을 막을 수 있게 된다는 이론이다. 많은 책을 읽다 보면, 촘촘한 그물망에 걸려들어 책의 내용이 새어나가는 것을 막을 수 있게 되는 것이다. 이런 이유에서 처음부터 책을 완벽하게 독해하려는 자세보다는 큰 흐름을 잡아가며 읽는 것이 좋다.

대부분 책 선정에 고민을 많이 하게 된다. 그러나 책을 읽다 보면 책을 찾아가는 방법도 결국 스스로 찾아낸다. 자기가 찾아 읽고, 읽는 것에서 자기가 필요로 하는 것을 발견한다는 것이다. 독서의 과정에 충실함으로써 얻을 수 있는 것이다. 한 분야의 책만 고집하지 말고, 흥미 있는 책부터 명저(名著)들까지 골고루 읽어라. 특히 독서의 흐름을 끊지 말고, 제 속도를 유지해 가며, 독서의 맛을 제대로 음미하며 읽는 것이 중요하다. 처음엔 자신이 책을 택하지만 시기가 되면 책이 나를 부른다. 이 책이 저 책을 부르고, 한 권의 책이 도화선이 되어, 한 분야에서 여러 분야로 연결되어 책이 책을 잉태하는 독서의 마법이 일어나게 된다. 또한 어떤 인생 문제에 깊이 빠져 있으면 일부러 찾지 않는데도 바로 그 문제를 다룬 책이 손에 들어오곤 한다. 그렇게 독서를 하다보면 여러 분야의 책들을 다양하게 접하게 된다.

당신의 삶에서 책이 별로 중요하지 않다면, 여전히 책 읽을 시간을 내지 못할 것이다. 그러나 당신의 삶에 책의 가치와 의미를 느낀다면, 당신은 더 이상 시간을 낭비하지 않을 것이다. 내 삶에 풍요로움과 행복을 가져오는 일인데, 이곳에 시간을 쓰지 않는다면 무엇에 시간을 쓴단 말인가?


## 정독(精讀)하라

세인트존스대학은 책만 읽히는 대학으로 유명하다. 4년 내내 고전 백 권을 읽고 토론하는 것이 공부다. 1학년 때는 고대와 그리스 시대, 2학년 때는 로마와 중세 시대, 3학년은 17세에서 18세기까지, 4학년은 19세기부터 최근까지 사상가들의 책을 읽고, 토론하며 글쓰기 훈련을 받는다. 어떻게 하면 더 나은 사고(思考)자가 될 수 있는가를 배우는 것이다. 세계를 바라보는 폭넓은 시각을 배우며, 원전을 찾아보고, 거기서 자신의 고유한 결론을 도출하는 과정의 중요성을 배우는 것이다.

책은 읽은 양이 중요한 것이 아니다. 내가 어떤 깨달음과 그 깨달음으로 내 삶이 얼마나 변했는지가 중요하다. 그래서 책을 처음 읽을 때는 집중해서 천천히 읽는 것이 중요하다. 책을 읽을 때는 단어의 의미나 문맥을 파악하는 것, 즉 표현 자체에 집중하여 작가가 말하고자 하는 핵심을 파악하는 것이 기본이다. 세인트존스대학에서의 고전 읽기는 정독으로부터 시작된다. 천천히 시간을 들인 만큼 책이 자신에게 스며들게 된다. 다년간 정독의 습관이 바탕이 되면, 책을 빨리 읽게 된다. 정독 없이 책을 빨리 많이 읽는다는 것은 위험할 수 있다. 정독으로 책을 읽는 습관이 토대가 되었을 때, 중요한 문장을 흡수할 수 있고, 긴 문장도 이해할 수 있으며, 사색을 통한 지식의 확장도 가져올 수 있다. 책을 읽는 데에 시간이 걸리더라도 탄탄히 다지는 정독을 해야 한다. 또한 감정이 움직이는 독서를 한다면 한 문장의 의미를 깊이 있게 이해할 수 있다. 예를 들어 파브르 곤충기를 보면서 놀라움과 감동을 그대로 닮아가듯 마음을 움직여서 읽을 때, 사고력이 깊어진다. 생각이 닿고, 온몸으로 느끼고, 마음으로 읽어내는 체화되는 것이 진정한 고차원의 독서이다.

독서를 할 때는 책을 펼치는 행위부터 자기의 행동에 온 신경을 집중시킨다. 책을 읽기 위해서는 주변에 관심을 끊고, 의식적으로 몰입해야 하기 때문이다. 책을 펼치는 순간부터 '내가 이것을 읽겠다'라는 의지가 반드시 투입되어야 하는 행위이다. 눈으로 글자를 좇고, 머리로 의미를 곱씹는 과정을 통해 자연스럽게 지식이 체화되고, 생각하는 힘과 응용력이 함께 길러진다.

책이 독서라는 온전한 사고 과정이 되려면, 독서 속도를 어느 정도 유지하며 읽어야 한다. 속독으로 책을 읽는다는 것은 생각을 2배속 3배속으로 하는 것이나 똑같다. 본질적으로 독서의 과정 자체는 빠를 수가 없다. 독서의 목적은 책을 읽으며 저자의 의도를 파악함과 동시에 책에 대한 이해를 바탕으로 지식과 사고의 스펙트럼을 넓히는 데 있다. 넓은 지식의 스펙트럼에서 현재 내가 필요로 하는 새로운 아이디어와 사상을 개발하는 능력의 성장이 독서의 목적이다. 이런 목적을 달성하기 위해서는 깊고 넓은 사고의 과정을 거쳐야 한다. 책을 정독할 때만이 저자가 말하고자 하는 의도와 핵심을 찾아낼 수 있고, 가슴 뛰는 문장도 얻으며, 생각을 통해 아이디어를 창출하는 것도 가능할 수 있다. 정독으로 습관을 들인 후에, 자기에게 맞는 최적화된 독서법을 만들어야 한다.

## 책과의 연결고리로 세상을 읽어라

우연히 펼친 책 속에서 나를 위해 써놓은 글을 발견했을 때, 심장 정중앙에 화살이 꽂힌다. 또한 아직 생각으로 정립되지 않은 개념을 작가가 논리적으로 쉽게 풀어 놓았을 때, 가슴 먹먹해지도록 기가 막힌 문장을 접할 때, 생각 너머의 세계를 감히 말할 때를 우리는 책을 통해 경험하게 된다. 이 지점이 바로 책과 내가 만나는 시간이고, 세상과 연결고리를 발견하는 순간이다. 책 속의 세상과 내 세상이 하나 되어 움직이게 되는 시간으로 사유의 깊이가 깊어지는 중요한 순간이다. 멈칫 숨죽이게 되는 문장을 발견했다는 것은 내 삶과 은밀한 연결이 이루어졌음을 의미한다.

책 속에서 연결고리를 찾는다는 것은 자신에게 적용해서 실험해 보고자 하는 의지를 불러일으킨다. 어떤 모양의 연결고리인지, 자신과의 연결고리를 어떻게 이을 수 있을지, 사유를 통해 답을 찾아가게 된다. 연결고리를 잇는 사유의 접점에서 뜻밖의 새로운 아이디어를 얻기도 하고, 새로운 생각들을 자신에 맞게 의미를 재구성하게 된다.

빨갛게 밑줄 친 문장은
책 속 길과 세상의 길을 잇는 연결고리이며
빨갛게 밑줄 친 문장은
책이 내 삶으로 옮겨오는 것이며
빨갛게 밑줄 친 문장은
어둠을 깨는 빛과 같은 각성제이며
빨갛게 밑줄 친 문장은
생각 전환의 기폭제이며
빨갛게 밑줄 친 문장은
결단을 촉구하는 행동 촉진제이며
빨갛게 밑줄 친 문장은
내 삶의 좌표가 되고 힘점이 되며
빨갛게 밑줄 친 문장은
내 가슴에 빨갛게 각인됩니다.

독서는 '나'라는 존재 밖, 세상의 많은 것들을 글을 통해 내 안으로 가져와 지식으로 체계화하는 것이다. 세상 밖에는 내가 알지 못하는 것들이 많다. 저 밖의 세상을 탐하고 싶다면, 그 세상을 내 안으로 가져와야 한다. 그 세상을 내 안으로 가져오려면, 상징적인 글이라는 도구가 없으면 가져올 수가 없다. 독서력이란 바로 세상 밖의 많은 것들을 잘 가져올 수 있는 능력이다.

또한 세상을 읽어내는 도구가 언어이다. 그 도구를 사용해서 세상을 읽어내는 능력이 독서력이다. 독서의 목적은 자신이 알지 못하는 많은 세상의 이야기를 읽어내는 것이기에 글자 하나하나가 중요하지 않다. 글자라는 상징을 통해 세상 밖의 일을 잘 읽어내는 것이 중요하다. 책이란 것은 누군가 만들어 놓은 인류의 지식으로서 세상이다. 누군가가 만들어 놓은 지식의 체계를 자기 것으로 만드는 것이 독서다. 세상을 알아 가는 방법들은 많지만, 독서만큼 짧은 시간에 많은 것들을 가져오는 방법은 없다. 세상을 읽어 낼 수 있는 독서력만 있다면, 얼마든지 다른 세상을 내 안으로 가져올 수 있고, 넓은 세상을 마음껏 누비면서 다양한 삶을 추구할 수 있다.


**이미지 형상화로 책 읽기**

항상 전교 1등을 놓치지 않는 친구가 있었다. 딱히 공부를 많이 하지 않는 것 같은데 아무리 깜지를 쓰고, 밤새 공부를 해도 친구를 따라잡을 수 없었다. 사십이 넘어 우연히 그 친구와 이야기를 나누다가 학교 때, 전교 1등의 비결을 물었다. 친구의 말은 "그냥, 글을 읽

을 때, 그림을 그려가며 읽었어"라는 것이다. '그림을 그리면서 읽는
다'라는 친구의 말에는 내가 모르는 엄청난 비밀이 숨겨져 있을 것
같았고, 마법의 열쇠를 찾은 것 같았다.

노력하지 않아도 좋은 성적을 내는 타고난 애들에게는 그들만의
독서법이 있었다. 지식이나 배경지식을 많이 알고 있어 이해도가 높
은 것도 있었으나 특별히 배경지식이 없는 경우에도 책의 이해도와
흡수력이 달랐다. 독서에 접근하는 방법이 다른 것이었다.

친구가 그림 그리면서 읽는다는 독서법은 '이미지 형상화로 책
읽기'라는 방법이었다. 친구도 딱히 그런 독서법을 배운 것은 아니
었고, 책을 읽다 보니 그렇게 읽고 있었다는 것이다. 친구가 가진 비
법을 내 것으로 만들고 싶었다. 이미지 형상화 독서법을 찾아 하나
씩 직접 시도해 보았다. 기존의 독서 습관으로 이미지를 떠올려가며
읽기는 쉽지 않았지만, 연습을 하면서 나름의 성과를 거두게 되었다.
이미지 형상화로 책 읽기는 글자를 눈으로 읽고 문자를 해독해서 머
릿속에서 이미지로 재탄생되는 과정을 거치게 되며, 문자의 의미가
이미지로 전환될 때, 자기 안의 정보량을 가지고 이미지를 그리는 것
이다. 책 제목이 흰 도화지에 그리는 그림의 제목이 되었고, 책을 읽
어가며 떠오르는 이미지의 뼈대들을 도화지에 그리고 점점 형태들을
채워가면서 읽는 것이었다. 책을 다 읽고 나면, 한 장의 그림으로 책
의 흔적이 남는 것이다. 그런 까닭에 오래도록 기억할 수 있었던 것
이다.

습관적으로 글자를 아무 생각 없이 읽어가는 경우가 종종 있는데, 글자만 읽어가는 독서는 책이 말하는 세상을 읽어낼 수가 없다. 그림을 그려가며 읽는 것이 처음에는 쉽게 그려지지 않지만, 한 번, 두 번 읽어갈수록 기술을 터득하게 되면 새로 만난 세상을 그려낼 수 있다. 책 읽기가 반복될수록 읽은 세상의 형체가 뚜렷해지며 선명해진다. 글을 통해 세상을 본다는 것을 글을 읽으면서 전체적인 흐름을 파악하고, 스토리텔링으로 이미지화시키는 것이다. 단어와 시각적 이미지를 결합하여 이미지 형태로 기억을 하게 되면, 기억력이 200% 이상 향상된다고 한다. 처음 시작할 때는 짧은 글을 이미지화해가며 읽는다. 점차 책을 읽어갈수록 이미지의 형체들이 뚜렷해지고, 다양한 색을 입혀가며 선명하게 읽어가는 것이다.

책을 읽을 때 뇌의 작용은 매우 정교하고 복잡하다. 문자를 따라가며 의미와 내용을 이해하고, 감정을 느끼고, 그려진 풍경과 인물의 모습 목소리 등 여러 가지를 상상하게 된다. 문자는 눈으로 읽을 뿐 아니라 귀로 듣는 것 역시 뇌를 단련시켜준다. 듣기만 해도 머릿속에 영상이 생생하게 그려진다. 그림으로 그려낼 때는 간절한 눈빛, 불안한 표정, 거친 숨소리까지 손에 땀을 쥐게 하며 빠져들게 한다. 언어를 섬세하게 사용할수록 오감도 예민해지고, 새로운 표현이 나오면 거기서부터 새로운 감각도 생긴다. 단순히 지식만 얻는 것이 아니라 문장을 듣고 이미지, 소리, 냄새 등을 상상하는 일인 '이미지화 능력'은 독서력을 단련시킨다. 또한 세상을 읽어내는 능력과 더불어 오감(

五感)을 통한 이미지로 읽는다면, 더욱 재미있고 효율적인 독서를 하게 될 것이다.

## 출력을 전제로 읽어라

'나는 쓰기 위해 읽는다'라는 말처럼, 글쓰기와 말하기는 출력을 전제로 책을 읽는다는 말이다. 책은 어떻게 읽느냐에 따라 얻어지는 결과가 너무도 다르다. 세상을 다르게 읽기 위해서는 나와 다른 입장과 관점으로 책 읽는 것으로부터 출발한다. 아무리 좋은 책을 읽고 추천해도 책을 읽는 사람이 '왜 책을 읽어야 하는지' 그리고 '책을 통해 어떤 메시지를 얻으려고 하는지'가 불분명한 사람에게는 책은 언제나 부담스러운 존재가 될 것이다. 그러나 마음속에 위기의식으로 절실함이 있는 사람에게 책은 스펀지가 물을 빨아들이듯 한 문장 한 문장이 가뭄 끝의 단비와 같다. 책은 절박한 심정으로 읽어야 독서에 영향을 줄 수 있다. 취미생활의 일부로 읽는 게 나쁘다는 말이 아니라, 조금 더 절박한 심정으로 읽어야 우리 삶을 변화 성장시킬 수 있다.

출력을 전제로 한 책 읽기야말로 적극적이고 효율적인 독서법이다. 아웃풋을 중심에 두고 책을 읽게 되면, 출력의 방향에 맞춘 독서가 되고, 지적생산물을 만들어내는 창조적인 독서로 변하게 된다. 출력 독서는 책에서 문제를 발견하고, 아이디어를 얻으며, 창의적 사고를 갖는 것이다. 단순한 지식으로 축적되는 것을 넘어 어떻게 적용할

227

것인지를 생각하는 독서가 되어 출력물을 만들어낸다. 출력 독서는 미처 생각하지 못한 것에 대해 질문을 하며 그 답을 찾으려고 한다. 수동적인 독서가 아니라 능동적인 독서로 눈에 보이는 구체적인 결과물을 만들게 한다.

### 3단계 처방 : 글쓰기 단계(글을 써라)

글쓰기의 본질은 읽고 쓰는 것을 통해 자신을 성장시키고, 자신을 바로 알게 하는 지극한 성찰의 과정이며, 읽기를 통해 얻은 모든 것을 바탕으로 타인의 삶에 희망과 용기, 위로와 위안을 주며 더 나은 세상을 만들어가는 것이다. 읽기와 쓰기가 하나가 된다는 것은 쓰기가 전제된 읽기가 되고, 다시 쓰기로 이어지는 선순환을 하게 된다.

**글쓰기는 다양한 역량의 기초다**

'살아간다는 것은 세계를 향한 자기 표현이다'라고 장석주 시인은 말한다. 자기 생각이 생겼다는 것은 자기만의 개념을 가지게 되었다는 것이다. 책을 통해서 자신만의 정의를 만들 수 있는 사람은 자기만의 세계를 구축할 수 있다는 것이다. 기존의 것을 다르게 보게 되어 결국 자신만의 세계를 구축하는 것이 가능한 것이다. 글쓰기는 자신을 바르고 굳건하게 만드는 최고의 도구이다.

디지털 시대에는 글로 소통하게 된다. 이제는 누구나 글을 써야 하는 시대가 되었다. 세상이 디지털 시대이기에 인간관계의 소통도 디지털화되어 간다. 카톡이나 블로그, 페이스북을 하지 않는 사람은 소통의 통로가 차단되어 살아가는 것이다. 이젠 좋든 싫든 선택권이 없다. 글로 소통해야하기에 글을 써야 한다. 자기 생각을 가지고 명료하게 표현하는 언어 능력을 갖추어야 어디에서 어떤 일을 하든 제대로 할 수 있다. 글쓰기는 자기 생각을 정리해 가는 수단이며, 자신을 표현하고 규명하는 것으로 때로는 자기표현의 한계에 부딪혀 스트레스를 받기도 하지만 쓰다 보면 전체적 상황을 파악할 수 있다. 자신의 잘잘못을 가릴 수도 있고, 주어진 여건과 환경들을 새롭게 느끼며 합일점을 찾는 노력을 하게 된다.

글을 쓰다 보면 흩어지고 엉킨 생각들이 명료하게 풀어지고, 모호하고 애매했던 생각의 정리가 이루어지고, 정리가 끝난 뒤에 오는 카타르시스를 경험하게 된다. 정리된 생각들을 서로 꿰맞추다 보면 새로운 해결책을 찾기도 한다. 글을 쓰다 보면 모든 것을 유심히 보게 되고, 여러 가지 측면에서 입체적으로 볼 수 있게 되면서 인간관계가 좋아지는 것을 느낄 수 있다. 또한 자아성찰의 시간이 주어지므로 자기 삶의 중심을 바로잡게 하고, 글을 쓰면서 자기의 경험과 생각을 덧붙여 자신의 주체적인 관점을 바탕으로 세상을 살아가게 한다.

## 독자적 관점을 가져라

자신의 의견을 주장하는 형태를 보면 알 수 있다. 확실한 자기 생각을 가지고 말을 하는지, 어떤 하나의 편견과 집착으로 말하고 행동하는지 파악할 수 있다. 자기 생각으로 말을 하면 사고의 흐름에 막힘이 없고, 자연스러운 자기주장이 되지민, 집착이나 편견의 주장을 하는 사람은 사고의 흐름이 막히게 되면서 억지를 써서 자기주장을 관철하려는 경우가 많다. 자기의 생각이 있다는 것은 사색을 거친 생각으로 독자적인 관점을 갖게 된 것이다. 이렇게 생각들이 모이고 축적되는 과정을 통해 자신의 가치관과 인생관이 확립된다. 책을 통해 자기 생각을 만들고, 그것을 글로 쓴다는 것은 내적 성장의 초석이 된다.

책은 생각할 거리를 주지만 판단은 읽는 사람의 몫이다. 남의 글을 읽는다는 것은 책을 쓴 작가의 관점을 읽는 것이다. 내가 보고 느끼고 판단한 게 아니다. 누구나 살아온 과정에서 자신만의 편견이나 선입견이 있다. 그런 이유로 작가에 대해 몰입하여 깊이 아는 것도 좋은 일이나 작가의 편견 속에 내가 함몰될 수 있다는 것을 기억해야 한다. 내가 무엇을 생각하고 참고하는 것은 좋지만 작가가 살아온 정서적 배경과 사회적 환경 등이 다르기에 작가의 생각 그대로를 받아들여서는 안된다. 독자적인 관점을 갖는다는 것은 자기 생각을 가진다는 것이다. 사고의 논리와 체계화 과정에서 독자적인 의식이 생기는 것이다.

'세상을 제대로 보고 있는 걸까?' 지금 보이는 것을 실체 그대로 보고 있는 것일까? '제대로'에 대한 객관적인 기준이 서지 않을 때가 있다. 또한 세상을 어떻게 보는지 관심 자체를 갖지 않는 경우도 많다. 독자적인 관점을 갖기 위해서는 지식 축적을 위해 씨를 많이 뿌리고 작물을 키우는 과정이 필요하다. 즉 책과 글을 읽는 과정이라고 할 수 있다. 그러나 쉬지 않고 열심히 읽는 것이 잘 사는 것은 아니다. 지식 축적을 바탕으로 세상을 제대로 볼 수 있는 눈이 필요하다. 즉 여러 측면의 지식을 통해 자기만의 프레임을 가지고 세상을 볼 수 있어야 한다.

## 독서노트에 다양한 글쓰기

남는 독서를 하려면 독서 후에 내용의 핵심을 알고, 그것에서 무엇을 배웠으며, 어떤 생각을 가지게 되었는지를 정리해 보아야 한다. 책을 읽은 후, 글을 쓴다는 것은 책을 통해 얻은 지식과 자기의 경험을 바탕으로 사유를 정확하게 표현하기 위해 세심하게 단어를 고르고 문장을 구성하는 사고 과정이다. 내 생각을 문장으로 정리하는 것과 하지 않는 것은 독서 후 질적인 차이가 크다. 유시민 작가는 "독서라는 과정에 글쓰기는 필수과정이다"라고 말한다. '글쓰기는 자기 생각과 느낌을 자기 손으로 문자로 표현하는 것이다.' 그렇게 글을 쓰기 위해서는 자신의 생각과 감정이 정확히 무엇인지 이해해야 글로 표현할 수 있다. 책을 읽고서 문자로 정리하지 않은 생각과 감정은 진짜 내 것이 아니다. 생각만 한다는 것은 흩어지는 구름과 같다. 생각한 것을 언어의 도움을 받아 그릇에 담아내는 것이 글쓰기이다. 학습한 것을 극대화하는 것은 또한 글을 쓰는 것이다.

독서 후에 글을 쓰는 방법은 여러 가지가 있다. 책을 통해 알게 된 사실과 기존의 자기 지식이나 체험을 바탕으로 깊은 사유를 통해 자기의 생각이 만들어지게 된다. 만들어진 자기의 생각을 가지고 글을 써 보는 것이다. 첫 번째로 '서평 쓰기'를 할 수 있다. 책을 읽은 후, 책의 핵심 내용을 요약해 두세 줄의 서평을 써보는 것이다. 책을 제대로 읽어야만이 서평 쓰기를 핵심 있게 쓸 수 있다. 두 번째로 '자신에게 보내는 편지글'을 쓰는 것도 독후의 변화된 생각을 확연히 알 수 있는 장점이 있다. 세 번째로는 '저자에게 글을 써보는 것'도 좋은 방법이다. 저자의 지식과 생각에 자기의 생각을 연결해 봄으로써 온전히 자기 생각을 만들 수 있어 훨씬 심도 있는 글쓰기가 된다. 또 마음이 가는 친구에게, 선배에게 편지를 쓰는 것을 권해 보면서 네 가지의 사례를 소개한다.

## 서평 쓰기

서평이야말로 독서의 심화이고, 나아가 독서의 완성이라 할 수 있다. 서평의 핵심 요소는 요약이다. 즉 읽은 것을 간명하게 요약하여 핵심을 명확하게 도출하고 이를 자기 언어로 표현하는 것이다. 또한 요약은 단순히 내용을 베껴 쓰는 것이 아니라, 한 단계 발전한 독후 활동으로서 책의 내용을 자신이 가장 잘 이해하고, 기억할 수 있도록 만든 결과물이라 할 수 있다. 요약은 자신이 가지고 있는 생각, 지식과 지혜를 저장하고 융합하는 행위이다. 서평은 요약한 핵심 내용을 가지고 자기의 생각을 몇 줄로 쓰는 것이다. 책 한 권을 다 읽고 '무엇을 말하는지' '내용이 어땠는지'라는 물음에 답할 수 있다면, 책을 제대로 읽은 것이다. 책 한 권을 빠르게 읽는 기술보다 내용을 정확하게 파악하고 요약하는 기술이 필요하다. 탄탄한 내공은 다양한 책을 읽고, 요약하는 연습을 반복하지 않으면 생기지 않는다. 책을 읽고 감동이 있었어도 요약하는 과정을 거치지 않으면, 책은 내 느낌으로만 있다가 새로운 생각을 만들어내지 못하고 사라지게 된다.

시대가 복잡해질수록 메시지는 단순해져 가고 있다. 방대한 분량의 책 내용을 두세 줄의 문장으로 표현하는 연습은 책의 핵심을 꿰뚫고 있지 않으면 불가능하다. 독서가 읽기에 그치지 않고, 읽은 내용의 핵심을 정확히 파악하여 서평 쓰기까지 완성되었을 때, 책을 읽었다고 말할 수 있을 것이다.

## 서평 쓰기 예)

> 우리는 지금 삶의 한가운데에서 어떤 순간들을 어떻게 맞이하며 살아가고 있는 것일까? 주인공 '니나'는 한 페이지 한 페이지가 사건의 연속으로 롤러코스터 같은 인생의 기복에 맞서 살아가는 모습이다. 그녀는 끝까지 자신의 인간적인 본질에 어울리는 삶을 찾아 삶의 한가운데로 당당하게 걸어간다. 언니와는 다르게…….
>
> 《삶의 한가운데서》를 읽고, 루이제 린저(1911~2002), 독일 바이에른 출생

서평 쓰기는 간결하고 핵심을 찌르는 내용정리로 자신이 읽은 책에 대해 말해 주는 것이다. 처음 서평 쓰기를 할 때는 마음에 부담을 갖지 않고, 책을 읽다가 강렬한 느낌을 받은 문장이나 아니면 전체적인 내용을 나의 말로 바꿔 두세 줄의 글을 써 보는 것이다.

## 초서 글쓰기

미하이 칙센트미하이 《몰입》을 읽다가 내 가슴에 꽂히는 문장을
뽑았다. 먼저 문장의 의미를 이해하고, 저자가 하고자 하는 말의 핵
심을 찾아본다. 그리고 내 생각과 견주어 글을 쓴다.

"정신의 소산 구조들이라 할 수 있는 용기, 회복력, 인내, 성숙한 방
어 혹은 변형적 대처 등이 절대적으로 필요하다. 이와 같은 긍정적
인 전략을 배운다면 부정적 사건들이 최소한 중립적인 것이 될 것
이고, 더 나아가 자아를 강화하고 복합성을 높이는 도전으로 활용
될 수 있다."

미하이 칙센트미하이 《몰입》을 읽고


노벨상을 수상한 화학자 프리고진은 임의의 운동으로 분산되고
유실되는 에너지를 이용하는 물리적 체계를 '소산 구조'라 정의했
다. 아무짝에도 쓸모없는 것을 구조화된 질서로 재생하는 능력에 좌
우된다는 것이다. 이 지구상의 모든 생명체는 궁극적으로 혼돈에서
한층 더 복합적인 질서를 형성해 내는 소산 구조에 의해 생겨나게
되었다. 인간도 역시 낭비되는 에너지를 그들의 목적에 맞게 활용해

왔다. 여기서 '정신의 소산 구조'라 할 수 있는 '성숙한 방어' 혹은 '변형적 대처' 등이 필요하다는 것이다. 정신의 소산 구조에 구조화 된 질서를 부여하여, 성숙한 방어기전으로 승화해 본다면 큰 의미가 있을 것 같다.

어떤 상황으로 회의감, 무력감, 쇠절감이 엄습했을 때, 내가 사용했던 정신적 방어 기전들을 생각해 본다. 그 상황에 매몰되어 부정적으로 몰고 나가기보다는 성실함과 끈기로 버티는 것이 방어 패턴이었다. 버틸 힘이 모자랄 때면, 생각의 전환을 꾀하거나 인지 구조를 변형시키는 등 합리화로 위로를 삼으며 힘든 상황에서 벗어나려는 노력을 해왔다. 그러나 정신적 소산구조를 방어기전으로도 삼아 대응할 수 있다는 생각은 해보지 못했다. 정신의 소산구조를 전략적으로 사용하여, 부정적인 사건들을 최소한 중립적인 것이 되도록 만들며, 더 나아가 자아를 강화하고 새로운 도전까지 할 수 있게 만드는 것이다. 삶을 살아가면서 어쩔 수 없이 맞이하게 되는 불청객 같은 상황에서 '정신적 소산 구조'를 가지고 구조화된 질서를 부여하여 위기의 상황을 대처하는 방어기전으로 사용해 보는 것이다.

우리에게 주어진 것이 너무도 많은데 단지 보이지 않아서 사용하지 못하는 것들이 많은 것 같다. 눈에 보이지 않는 정신의 소산 구조에 대한 깊이 있는 탐구를 통해 삶에 어떻게 전략적으로 사용할 것인지를 생각해 보고, 체계화시켜 살아가는 데 유용한 도구로 만들어야

겠다는 생각이 든다. 좋은 도구를 옆에 두고 활용하지 못한다면 게으름을 증명하는 것이다.

## 저자에게 글쓰기 – 《서재의 마법》 작가님께

《서재의 마법》은 마음이 울림을 넘어 가슴에 번지는 희망의 빛이었
습니다. 이 벅찬 책과의 만남을 이렇게라도 표현하고 싶습니다.
"독서는 인간을 목적으로 한다", "방향을 구하는 이들에게 방향을
보여주는 존재다"라는 문장은 조금 막연했던 저의 믿음에 확신을
주었습니다. 저라는 사람의 존재 이유와 삶의 본질을 일깨우는 '도
끼'와도 같았습니다.

저는 때늦게 책과의 만남으로 저 자신을 찾게 되어, 삶의 목표를 찾
고, 인생의 의미를 부여하며, 앞으로 방향을 설정하고 하루하루를
몰입의 열정으로 열심히 살아가던 중에 《서재의 마법》을 만나게 되
었습니다. 그리고 목표하는 것의 방법을 구체적으로 설계하는 데
큰 도움을 받았답니다. 작가님처럼 할 수는 없지만 제가 할 수 있는
영역 안에서 제가 잘하는 것을 가지고 나뿐만 아니라 이웃과 더불
어 '작은 씨앗'이 되어야 겠다는 확신이 뿌리내리게 되었습니다.

지금은 책을 읽고 배우며 실천하기 위한 자료를 만들고, 저를 성장
시키는 '절대의 시간'을 보내고 있다 생각하며 열심히 살아가고 있
습니다. 탁월한 독서를 넘어 실천이 배가되는 독서, 저도 꼭 그렇게
하렵니다. 본질을 추구하는 독서와 현실에서 접점을 찾아내는 질문

을 통한 적용점을 찾아가는 전략은 저에게 너무도 유익했습니다. 책을 넘어 미디어까지 넓이와 깊이의 차원으로 접근하는 균형의 필요성과 시대를 읽는 눈을 일깨워주셨습니다. 교수님은 시대의 선구자이며, 설국열차의 앞칸에서 '버드뷰'의 통찰로 저와 같은 사람들을 이끌어 주시고 계십니다.

내가 어디에 있고 어디로 가는지 확인하는 데 중요한 것은 '자신의 위치'가 아니라 '자신의 존재 역할'이라고, 이웃과 함께하면서 자신의 존재 이유를 찾으라는 말씀을 내면 깊이 각인시켜봅니다. 작가님 서재에선 더 큰 마법이 일어나고 있다고 봅니다. 그 마법은 책과 함께한 시간과 노력, 숭고하기까지 한 지적 탐험의 결실과 더불어 작가님에게 삶의 본질 추구라는 목적이 있었기에 실현될 수 있었다고 생각합니다.

"우리의 육체와 생각은 우리가 바라보는 것과 상호작용을 한다."

어느 날, 저에게 작가님의 모습이 작게나마 드러날 것을 확신하며, 저도 이 글을 통해서 작가님께서 하시는 일에 한 조각 기쁨을 전하고, 또한 힘이 되었으면 합니다. 감사합니다.

## 사례 4 )

### 두 권의 책을 통합해 자신에게 글쓰기

사뮈엘 베케트《고도를 기다리며》와 프란즈 카프카《변신》의 두 작품의 공통점을 가지고 글을 써본다.

《고도를 기다리며》는 첫 문장부터 난해했다. 도대체 무슨 말을 전하려고 이런 희곡을 쓴 것일까? 더딘 이해력에 버벅대다가 '고도'를 '나의 미래가 달린 그 어떤 것'으로 생각하고 읽으면서 답을 풀어나갔다. 등장인물인 블라디미르와 에스트라공은 '고도'라는 사람을 기다리고 있지만 진정 '고도'가 누구인지 무엇인지 모르고, 열심히 '고도'를 기다리며 살아간다. 포조와 럭키는 '고도'를 알지도 못하고, 관심도 없이 그저 하루하루 살아가며, 어깨에 맨 밧줄과 짐을 인생의 짐으로 여기며 살아가는 인물이다. 그 인물들을 통해서 '고도'를 향해 살아가는 우리 삶의 형태를 말하고 있다. 사뮈엘 베케트에게 '고도'란 삶의 '이상의 추구'를 말하고 있다. 등장인물들은 '고도'라는 '진정한 이상'이 무엇인지 모르고 그저 아침에는 구두끈을 묶고, 저녁이면 구두끈을 푸는 성실한 삶을 살고 있다. 진정한 이상이 무엇인지도 모른 채 허상을 좇아 서둘러대고 있는 것 같은 우리의 모습을 말하고 있는 듯하다.

《변신》의 첫 문장은 뜬금없이 인간이 벌레로 변하는 장면이었다. 작가는 주인공이 벌레로 변신하는 장치를 통해서 무엇을 말하고자 했을까를 깊이 생각하게 되었다. 이 책이 써진 시기는 20세기 초로 카프카는 노동자재해국에서 15년간 산업재해 관련 업무를 해 오면서 사고를 당한 수많은 노동자들을 보았다. 그는 우리가 살아가고 있는 자본주의 사회에서의 인간소외를 잘 보여주고 있다. 인간의 가치가 경제적 가치로 판단되는 자본주의 사회에서 노동력을 상실한 사람은 아무런 가치가 없다.

이해할 수 없는 것이 있다. 주인공 그레고르가 벌레가 되었을 때 보이는 삶에 대한 태도이다. 그는 당혹스러워 하면서도 자신이 다시 사람으로 되돌아갈 것을 생각하지 않고, 돌아갈 수 없다면 벌레로서 어떻게 살아가야할지를 고민하지 않는다. 단지 가족들 부양에 따른 걱정만 있을 뿐이었다. 그레고르는 자기 삶에서 자신이 없고, 가족들 부양만을 걱정하고 있단 말인가?

이 두 작품은 내가 예전에 살아왔던 삶들을 떠올리게 한다. 《고도를 기다리며》의 등장인물들은 실체가 없는 허상에 목 매며 살아왔고 또 살아가는 사람들이었다. 자신이 없는 삶을 인지하지 못하고, 벌레가 되어서도 벌레의 삶을 생각하지 못하는 주인공의 삶이 오늘날을 살아가는 현대인의 삶으로 느껴져 안타깝다. '내 삶은 내가 주인공이 되어 나답게 살아가야 한다.'……

## 4단계 처방 : 독서 토론 단계(말로 표현하라)

독서 토론은 책을 읽고 서로의 의견을 나누는 언어활동을 말한다. 특정 도서를 선정하여 핵심 논제들을 가지고, 각자 이해한 바를 토대로 서로의 의견을 나눔으로써 토론 대상인 책에 대한 자신의 이해도를 높이고자 하는 활동이다. 독서 토론은 사회생활에서도 의사소통 능력을 향상하기 위해서 꼭 필요한 부분이다. 책을 혼자서 읽다 보면, 제대로 이해하지 못해 자기만의 생각에 빠질 수가 있다. 토론의 기회를 통해 이해하지 못했던 내용을 더 정확히 이해할 수 있고, 참여자들의 다른 견해를 통해 폭넓은 생각을 할 수 있다. 또한 자신을 표현하는 능력을 키울 수 있으며, 상대방의 의견을 존중하는 태도와 더불어 사회성을 기를 수 있다.

책은 어쩌면 편견의 산물이라 할 수 있다. 그런 책을 읽고 다양한 편견이 있는 사람들과 만나는 토론의 장은 필요하다. 자신의 편견이 다른 사람의 편견과 만나 부딪혀 삐그덕거릴 때, 갈등을 조율할 기회가 되는 것이다. 여기에서 편견은 생각의 파편이 아니라 자신이 가진 취향과 느낌이 반영된 주관적 의견이다. 독서 토론의 장은 편견과 편견이 만나 서로의 시각과 관점의 차이를 받아들이며, 주관적 의견들을 객관화하는 좋은 계기가 된다. 좋은 만남은 그 형체의 크기도 색깔도 증폭되고 또 다른 삶의 기회, 도전의 기회를 준다.

## 독서 토론 왜 필요한가

《독서의 힘》의 저자 강건은 말한다. 독서 토론이 변화와 성장을 이끄는 좋은 방법인 것은 두뇌를 확장시켜주기 때문이다. 독서 토론을 통해서 두뇌가 확장되면 변화와 성장이 시작된다. 독서 토론에 참석해서 다른 사람들과 의견을 나눌 때 가장 먼저 표현력이 향상된다. 자기의 생각을 자주 발표하다 보면 표현을 잘할 수 있는 뇌 구조로 변화된다. 두 번째는 이해력의 향상이다. 독서 토론에 참석해 다른 참여자들의 발표를 들으면서 자신도 모르는 사이에 자연스럽게 이해가 된다. 발표하는 것을 통해서 표현력이 향상된다면 상대방의 발표를 들으면서 이해력이 향상된다. 세 번째로, 독서 토론을 통한 표현력과 이해력의 발달은 사고력의 확장으로 이어진다. 생각하는 힘이 생기는 것이다. 변화와 성장을 위해서는 가장 먼저 '생각'이 변화해야 한다. 생각에서 변화가 시작된다. 변화가 쌓이고 쌓이면서 성장이 이루어진다. 독서와 독서 토론은 생각의 변화를 적극적으로 이끌어주게 된다.

'미국 건국의 아버지'라고 불리는 '벤저민 프랭클린'은 대학 교육을 받지 않았지만 '전토클럽'이라는 독서 모임을 만든 것이 토론을 통해 자기의 생각을 구체화하고, 다른 사람에게서 배우고 책에서 지혜를 얻고 본인의 뜻을 펼치는 기회가 되었다고 한다. 독서 토론은 책을 깊이 있게 이해하고, 똑같은 책을 읽고도 저자의 의도를 다르게 인식해 보여, 다른 사람과의 교류를 통해 지혜를 얻는 시간을 제공한다. 이외에도 독서 토론을 통해 부수적이지만 크게 의미있는 것들을 얻을 수 있었다.

첫째, 다른 책을 읽을 수 있었다. 혼자서 독서를 하다 보면, 자신이 선호하는 책만 읽게 되는 것과 달리, 독서모임을 통해서는 자신이 접하지 않았던 다른 분야의 책들을 접하게 된다. 그런 점에서 '나'라는 개인적인 알고리즘을 벗어나게 한다. 즉 전혀 생소한 책의 세계로 들어갈 기회가 되는 것이다.

둘째, 독서 토론을 통해 책을 읽고 발표하므로 자신이 서너 명으로 분열되어서 읽는 것과 같은 효과를 낼 수가 있다. 참여자의 수만큼 기존에 몰랐던 책 읽기 방식도 배울 수 있고, 자신이 가지고 있는 해석의 필터링을 점검해볼 수도 있다. 자신이 가진 질문이 제한적이고 고정적인 데 반해, 교류와 공유를 통해 지식의 확장이나 생각의 전환으로 좋은 아이디어를 창출해 낼 수 있다.

셋째, 색다른 친구를 만날 수 있다. 한 권의 책으로 이야기를 나눈다는 것은 나 자신과 우리들의 삶의 텍스트에 대한 이야기를 나누게 되는 것이다. 자연스럽게 읽은 텍스트와 사람들의 텍스트가 교차하면서 깊은 이야기를 하게 된다. 사람과 사람, 인간과 인간으로 친구 같은 친밀감을 가질 수 있다는 점이 독서 모임의 큰 장점이다. 세상을 살아가면서 공통된 관심을 가지고, 지향하는 바가 같은 동지를 만난다는 것은 큰 축복이었다.

## 자기 생각을 말로 표현하라

책을 읽고 얻어낸 결과물을 보면서 뿌듯했다. 또한 내 생각이란 것들이 만들어져갔다. 나의 생각을 표현해 보고 싶어 입이 근질거렸다. 방법을 모색하다가 하나의 방법을 찾았다. 상대의 말을 잘 받아들이고, 리액션이 좋은 후배에게 약간의 배경 설명과 더불어 내 생각을 이야기해주었다. 여러 차례 반복이 될수록 상대가 싫어할지 모른다는 생각에서 이번에는 딸에게, 아들에게 말해 보았지만 싫어하는 것을 역력히 느낄 수 있어서 그만두었다. 휴대폰에 녹음도 해보았지만 힘만 빠지고 재미없어 그만두게 되었다.

독서 토론모임에 들어갔다. '책을 읽고 토론을 하는 것이 이렇게 즐거운 것이었나!' 덕분에 책을 제대로 읽어야 했고, 충분한 소화의 과정을 거쳐서 생각들을 정리해야 했다. 정리된 생각을 책에서 접한 새로운 언어들을 사용하여 표현하는 것에 희열이 있었다. 하나의 작품을 만들어내는 느낌이었다. '책을 읽고 어떻게 표현하면 좋을까?', '어떻게하면 발표할 부분에서 핵심을 뽑아 잘 전달할 수 있을까?'를 고민하였다. 책들을 참고해서 전체적 흐름을 먼저 이야기하고, 소제목 단위로 요약한 내용에 사례를 들어가며 설명하였다. 발표하면 할수록 요령이 생기게 되었다.

각자 발표가 끝난 뒤, 서로의 의견을 말할 때 나의 생각이란 것이 필요했다. 나름 사유를 통해 얻은 생각이었지만 회원들 간 견해 차이에서 나 또한 생각이 거듭되고 새로 만들어졌다. 독서가들과 함께하며 그들 앞에서 발표할 때, 열띤 토론을 할 때, 새로운 아이디어를 얻었을 때, 나의 뇌는 매우 만족해하며 독서의 의미를 한층 업그레이드시키고 있었다. 더불어 독서 모임은 소속감을 주었고, 다양한 사람들을 만나는 기회까지 주었다.

## 새로 접한 어휘들을 노출시켜라

인간의 생각은 머릿속에서 언어로 치환된다. 언어로 표현되지 못하는 생각은 아무 의미가 없다. 독서 토론을 통한 단계에서 흥미로운 것은 지식을 구체화하는 표현의 과정에서 처음 생각한 것보다 더 많은 생각들이 생겨난다는 것이다. 바로 언어로 통해 사고가 더 깊고 넓어지며 지식을 구체화하는 것이다.

"현대를 살아가려면 우리가 노력해야 할 일 중의 하나가 자신을 표현하는 기술이다. 즉 나를 표현하는 '개념'을 배우는 것이다. 개념은 세상을 상상하고 창조하는 원료이다. 내가 어떤 개념을 가지고 있느냐에 따라 세상은 개념의 색깔대로 보인다"라고 《생각지도 못한 생각지도》의 유영만 교수는 말한다. 내가 사용하는 단어가 나의 세계를 규정하듯 말로 표현할 기회는 책에서 접한 어휘를 체화시킬 수 있으며, 그 언어는 사고력의 바탕이 된다.

얼마 전 우리나라 10대 청소년들이 가장 많이 쓰는 말을 조사했었는데 1위가 '헐', 2위가 '대박', 3위가 '쩔어'였다고 한다. 언어의 빈곤과 더불어 그들의 정신세계를 유추해 볼 수 있는 것이었다. 말로 무엇인가를 표현하기 위해서는 많은 어휘를 가져야 한다. 그럼 우리는 어휘력 향상을 위해 무엇을 해야 할까? 수다를 많이 떠는 것이다. 책을 통해 접하게 된 새로운 어휘나 고급 어휘를 기억했다가 밖으로 튀어나올 수 있도록 최소한 두세 번의 기회를 주어야 한다. 적절한 상황을 만들어 어휘를 사용하고, 사용한 어휘를 반복해 사용해 보는 시간을 가져야 각인이 되어 체화된다. 체화된 어휘는 기회가 되면 튀어나올 준비가 된 것이다. 꼭 의도적인 어휘 사용의 기회를 만들어야 한다.

사고력을 만드는 것 또한 언어라 했다. 풍부한 언어의 구사가 자신의 확장이며, 동시에 세계로의 확장이다. 어휘력은 우리 삶과 밀접한 관련이 있다. 어휘력이 풍부할수록 매력적인 사람으로 보인다. 사용하는 어휘만큼의 사고력이 향상돼, 그 사고력을 바탕으로 행동하기 때문에 조금 더 신중한 행동을 할 수 있기 때문이다. 그 사람이 사용하는 어휘가 바로 그 사람의 세계라고 할 수 있다.

## 다양한 관점의 차이가 창조를 만든다

"밤이면 귀족들의 집에 모여 낮이면 광장에 모여 싸우듯 치열한 대화를 나누던 고대 그리스인들, 상인, 광대, 무용수, 마술사, 화가, 소 피스트들이 모여 토론을 시작한다. 어수선하고 산만하여 시간을 낭비하는 듯 보이는 '토론의 비효율' 속에서 늘 '옳고 그름'과 '참과 거짓'이 밝혀지곤 했다. 10명이 모이면 11가지 의견이 나오는 그리스 민족은 아주 피곤한 민족이었다."

- 플라톤의《향연》

열 명이 모인 가운데 열한 가지의 의견이 나온다는 것은 그만큼 다양한 관점에서 해석이 이루어짐을 암시한다. 책 한 권을 읽고, 열 명이 열 개의 의견을 내고, 나머지 하나의 의견은 토론자들 의견 차이로 만들어진 아이디어가 된 것이 아닐까? 하나의 책을 해석하는데도 각자가 살아온 배경이나 환경 등이 다양한 시각의 관점을 만들어 낸다는 것은 당연하다. 혼자 책 읽기로는 얻을 수 없는 것들이다. 함께 책을 읽고, 거기에 따른 생각을 바탕으로 서로의 생각들이 충돌되고 연결될 때, 새로운 아이디어가 생기는 것이다.

책 읽기와 글쓰기에서 얻을 수 없는 것을 독서 토론을 통해서 얻을 수 있던 것이 있다. 똑같은 책을 읽고 회원들의 서로 다른 다양한 의견과 그에 따른 경험에 놀라지 않을 수 없었다. 하나의 책을 해석하는 데 각자가 살아온 배경이나 환경 등이 혼자서는 도저히 얻을 수 없는 낯선 시각의 관점을 만들어낸다는 것을 체험할 수 있었다. 각자의 의견들이 만들어진 배경과 근거까지 모두 노트에 적어갔다. 서로 경험에서 나오는 생각들이 충돌되고 연결될 때, 생각지 못했던 제3의 새로운 생각이 만들어지는 것을 경험했다. 창조의 시간이었다.

독서의 과정에 글쓰기를 포함해야 하듯이, 자기 생각을 말로 표현하는 시간이 주는 유익함 또한 독서의 과정에 필수임을 절실히 느낀다. 읽기와 글쓰기, 말하기를 일련의 과정으로 연결해야 독서가 줄 수 있는 탁월성을 제대로 가져올 수 있는 최고의 방법임을 스스로 체험할 수 있었다.

이상과 같이 독서 전의 마음가짐과 태도에서부터 책을 읽을 때의 유의 사항과 다양한 글쓰기 방법, 독서 토론의 중요성에 이르기까지 독서백신 4단계 처방을 설명하였다. 부디, 독서에 이르는 유용한 도구인 '독서백신'으로 '절대의 시간'을 통해 자신만의 독서법을 터득할 수 있기를 바란다.

# 독서의 열정을 유지하기 위해서

이 책을 다 읽고 나서 불꽃같은 열정을 가지고 독서를 시작하게 될 수 있다. 그러나 이 열정이란 것은 한순간 피어오르는 불꽃일 수도 있고, 지속해서 어둠을 밝혀주는 촛불일 수도 있다. 독서에 대한 열정의 불꽃을 유지해가기 위한 노력이 필요하다.

레온 빈트샤이트는 《감정이란 세계》에서 '열정 기르기 4단계'를 소개하고 있다. 열정의 씨앗을 어떻게 유지하고 몰입하여 내 안에 침잠시킬 수 있을지를 말하고 있다.

### 열정 기르기 첫 단계

어떤 활동에 있어 '불꽃이 시작되는 단계'이다. 책을 읽거나, 강연을 듣고, 또는 유튜브에서 독서법 영상이나 운동 영상, 다이어트 영상 등을 보고, 따라 하고 싶은 마음이 생기는 것이 바로 열정의 불꽃이 지펴는 때이다. 우리는 이 불꽃만 찾으면 인생의 모든 문제가 해결되는 것으로 생각하는 경우가 있다. 처음 불꽃의 단계는 쉽게 꺼질 수 있는 아주 작은 열정일 뿐이다. 진정한 열정은 불꽃 단계의 모습이 아니다. 불꽃 피우기 단계는 인생에서 많이 경험할 수 있었을 것이다. 그러나 금방 식어버리기도 한다. 누구나 어렸을 때, 어떤 무엇이 되어야겠다고 다짐한 경험들이 있을 것이다. 열정의 씨앗만으로는 뭔가가 되지 않는다. 불꽃 유지 단계로 넘어가지 않고서는 그 불꽃은 그냥 아주 작은 불꽃으로 끝나버리게 된다.

### 열정 기르기 두 번째 단계

'불꽃 유지 단계'로 재미와 열정을 유지하기 위해 활동을 해야 하는 단계로 불꽃이 꺼지지 않도록 자신의 시간과 노력이 요구되는 단계이다. 열정을 가지고 해당 분야에 대한 지식과 기술을 익혀야 하고, 지식과 기술의 임계치를 쌓아 올렸을 때, 그 분야에 대한 통제력을 얻게 되면서 더욱 몰입할 수 있게 된다.

### 열정 기르기 세 번째 단계

'몰입 단계'로 그 분야를 공부하고 탐구하고 훈련하면서 그 분야의 지식과 기술이 내 안에 내재화되어간다. 점점 내 안에 쌓여서 궤적을 이루어간다. 몰입이 되었다는 것은 그곳에 흠뻑 빠져들었다는 것을 의미한다. '황홀경'은 그 자체로 즐거운 일이며, 성과를 이루어낼 수 있다.

## 열정 기르기 마지막 단계

'침잠 단계'이다. 몰입으로 쌓인 궤적은 점점 침잠을 거치면서 그 분야의 활동이 자신과 일체화되면서 그 활동을 하지 않고서는 내 삶을 설명하지 못할 수준으로 사랑하게 된다. 그 분야의 활동으로 자신의 잠재력과 정체성을 드러내게 된다.

열정의 불꽃만 가지고 끝까지 갈 수 없다. 그 열정을 유지하기 위한 끊임없는 노력이 필요하다는 것을 명심해야 한다. 혹여, 지금 독서의 무게에 눌려 포기하려 한다면, 생각해 보라. 독서는 먼 길을 가야 하는 여정이다. 그래서 열정의 씨앗이나 불꽃의 문제가 아니다. '열정은 내 안에서 찾는 게 아니라 만드는 거야'라고 생각하라' 이런 태도는 지루하고 힘들 때, 더 꾸준히 버티고 노력할 수 있게 만들어 준다. 재미와 열정은 얼마든지 길러낼 수 있다고 생각한다면, 지금 당장 어떤 분야에서든 노력하고 인내하는 힘이 더욱더 커질 것이다. 긴 독서의 여정에서 열정의 불꽃이 지속해서 타오르기를 바란다.

# 줄탁동시(啐啄同時)의 시작과
# 독서의 끝에는 '사랑'이 있었다

독서를 통한 많은 변화를 겪으면서 함께 한 사자성어 '줄탁동시 (啐啄同時)'는 의식 각성제가 되어, 나태함의 저항과 맞설 때, 행동으로 실천으로 나를 이끌었다.

어미닭이 자나깨나 알을 품고서 21일이라는 시간이 지나야 껍데기를 깨고 병아리가 나온다. 닭이 알을 깰 때, 알 속의 병아리가 껍질을 깨뜨리고 나오기 위하여 껍질 안에서 쪼는 것을 '줄'이라 하고, 어미 닭이 밖에서 쪼아 깨트리는 것을 '탁'이라고 하여, 이 두 가지가 동시에 행하여지므로 '줄탁동시(啐啄同時)'이다. 그러나 동시(同時) 라기보다는 알 속의 병아리가 먼저 알을 깨야만 한다. 병아리가 아무런 신호를 보내지 않으면, 어미닭이 먼저 알을 깨주지는 않는다. 병아리가 '탁탁' 신호를 보낼 때만이 어미닭이 도움을 줄 수 있다. 책이라는 세계와 내가 조응하여 의식이 조금씩 깨어나기 위해서는 내가 먼저 손을 더듬으며 천장을 깨뜨리려는 신호를 보내야 한다.

21일이라는 시간이 지났어도 병아리는 밖으로 나올 줄 모르고 알 속에 가만히 들어앉아 있었다. 언제 어느 때, 무엇을 어떻게 해야 하는지 몰랐다. 알 속의 세상은 따뜻하고 평온하기만 했다. 그러나 그곳은 병아리가 살기엔 너무도 좁았다. 그때부터 세상 밖으로 나가야 한다는 생각으로 몸부림을 쳤다. 밖으로 나가야 한다는 열망이 강해지면서 보호하고 있던 막을 쪼아대기 시작했다. 요새 같은 막을 뚫게 되었고, 21일이 훨씬 지나 50일째 되던 날, 세상 구경을 하게 되었다. 너무도 감격스러웠다. 삶의 현장을 떠날 수 없어서 보내야 했던 시간이 길었지만, 발버둥 치는 몸부림이 자기장의 자력(磁力)이 되어 어미닭을 불러들인 것이었다.

책을 쓰기까지 먼 길을 돌아야 했고, 다른 길에 빠져 허우적거렸고, 갔던 길 다시 갔다 돌아오기까지의 여정은 멀고도 길었다. 지나온 시간을 되돌아본다. 그 당시에는 보이지 않았던 것들이 시간이 흐른 지금에는 눈에 훤하게 보인다. 여기에 이르기까지 찾아온 수많은 우연이 스쳐간다. 우연은 우연을 가장한 필연적인 만남들이었다. 우연 같은 만남이 하나의 맥(脈)을 이루면서 나를 끌어당겼다. 가끔은 느꼈다. 보이지 않는 삶의 원리로 작용하는 큰 힘에 의해 당겨지면서, 조금씩 한 방향으로 나아가고 있다는 것을……

독서는 몸부림치는 내 손을 잡아주었고, 그 손을 잡고 세상 밖으로 나오게 했다. 책과 함께할 수 있었기에 알 속의 세상의 답답함을 느낄 수 있었고, 왜 세상 밖으로 나가야 하는지, 어떻게 벽을 뚫어야 하는지를 배웠다. 병아리의 온 마음이 하나 되어 알을 깨고 나오게 된 것이다. 독서가 나를 강하게 이끌어 주기를 간절히 바랬지만, 독서는 나에게 강요하지 않았다. 독서는 억압도 통제도 하지도 않았다. 있는 그대로의 모습으로 받아들여 주었다. 그리고 다정하게 말했다. '너는 어때?', '너라면 어땠을 것 같아?'라는 질문만 있었다. 질문에 대한 답을 요구하고 있었다. 자세히 나를 들여다보아야 했다. 내가 누구인지 존재 의미를 찾아야 했고, 그러면서 어떻게 살아야 하는지 삶의 이유도 찾을 수 있었다. 세상을 보는 관점이 달라졌다. 내가 주체가 되어 생각하고 통제하며 나답게 살고자 했다. 이제까지 삶의 공허함과 허기진 배고픔이 사라지고, 가득 채워진 느낌이 들었다.

독서의 여정은 쉽지 않았지만 가는 곳곳에 의미와 가치가 있었다. 내 삶에 옮겨온 그 의미와 가치들은 하나씩 꽃으로 피어 결실을 맺어가고 있었다. 망치로 얻어맞은 충격은 자극이 되고 각성이 되어 사유로 이끌었고, 넓고 깊어지는 사유 속에 싹트는 의식들은 뿌리가 되어 나를 지탱하게 했다. 흔들리지 않게 뿌리 내리고 있는 사고들이 의식이 되고, 가치관이 되어 나를 움직이게 했다. 이러한 가치 있는 것들을 책으로부터 빼내는 것은 나의 몫이다. 결코 집어 주거나 먹여주지 않는다. 부단히 노력할수록 더 많은 것을 보여주는 것이 독서였다.

독서는 또 하나의 큰 선물을 주었다. 은은한 해당화 향기가 가슴 저 밑바닥으로부터 천천히 피어오르고 있었다. 내가 존재하는 이유에 '사랑'이 있다고 말한다. 책을 통해서 결국 얻어야 할 것은 '사랑'이라고 말하고 있었다. 변하지 않을 진리처럼 느껴진다. 영혼 불변의 법칙처럼 느껴진다. 성인의 해탈 경지에 이르기라도 한 듯, 숭고한 경건함이 느껴진다.

내가 느끼고 말하는 사랑의 형체를 만들어내고 싶었다. 내 삶으로 내 몸으로 그 사랑을 말하고 싶었다. 결국 내가 접근할 수 있는 사랑의 실천을 찾아야 했다. '나만의 삶이 아닌 함께 하는 삶'이라고 가슴이 내게 전한다. 우주의 모든 것은 하나로 연결되어 있음을 깊이 깨닫게 했고, 자연의 순리에 맞춰 사람답게 살라고 했다. 혼자서는 영원히 갈 수 있는 인생이 없다고, 더불어 가야 계속 갈 수 있음을 말해주었다. '나'를 넘어 '너'를 알게 했고, '너'와 '나', '우리'가 있음을 알게 했다. 그것을 '사랑'이라 했다. 그렇게 사는 것이 나다운 삶이라 했다. 독서의 끝에서 만나게 된 사랑은 내 삶의 중심이 되어, 나를 인도해 줄 것이라 믿게 되었다. 머리로만 깨우치지 말고, 세상을 직접 경험하고 행동하며 살 수 있기를 기도하게 된다.

# 참고문헌

- 알베르토 망구엘《밤의 도서관》(세종서적, 2018)
- 알베르토 망구엘《독서의 역사》(세종서적, 2020)
- 세스 고딘《세스 고딘 생존을 이야기하다》(정혜, 2011)
- 프란츠 카프카《변신》(문학동네, 2011)
- 구본형《나는 이렇게 될 것이다》(김영사, 2013)
- 앨절린 밀러《The Enabler》(월북, 2020)
- 사무엘 베게트《고도를 기다리며》(민음사, 2012)
- 칠곡 할매들의 시집《시가 뭐고?》(삶창, 2015)
- 칠곡 할매들의 시집《콩이나 쪼매 심고 놀지머》(삶창, 2016)
- 헤르만 헤세《데미안》(민음사, 2009)
- 정혜신《당신이 옳다》(해냄출판사, 2018)
- 정혜신《정혜신의 사람공부》(창비, 2019)
- 김승《서재의 마법》(미디어 숲, 2018)
- 로버트 그린《인간 본성의 법칙》(위즈덤하우스, 2019)
- 진옥섭《노름마치》(문학동네, 2013)
- 레이첼 카슨《침묵의 봄》(에코리브르, 2011)

- E. F. 슈마허 《작은 것은 아름답다》(범우사, 1986)
- 나카타니 이와오 《자본주의는 왜 무너졌는가》(기파랑, 2009)
- 미하이 칙센트미하이 《몰입》(한울림, 2005)
- 사이토 다카시 《독서력》(웅진지식하우스, 2002)
- 사이토 다카시 《책 읽는 사람만이 닿을 수 있는 곳》(쌤앤파커스, 2019)
- 사이토 다카시 《독서는 절대 배신하지 않는다》(걷는나무, 2015)
- 이철수 《배꽃 하얗게 지던 밤에》(문학동네, 2003)
- 최승필 《공부 머리 독서법》(책구루, 2018)
- 차이자위안 《독서인간》(알마, 2015)
- 유영만 《독서의 발견》(카모마일북스, 2018)
- 유영만 《공부는 망치다》(나무생각, 2016)
- 유영만 《생각지도 못한 생각지도》(위너북스, 2011)
- 스티븐 프레스필드 《최고의 나를 꺼내라》(북북서, 2002)
- 김기철 《모든 씨앗은 숲을 그린다》(두앤북, 2018)
- 황민규 《책은 망치다》(미디어 숲, 2018)
- 니나 게오르게 《종이 약국》(박하, 2015)
- 헬레나 호지 《오래된 미래》(중앙북스, 2015)
- 니콜라스 카 《생각하지 않는 사람들》(청림, 2020)
- 한나 아렌트 《예루살렘 아이히만》(한길사, 2006)
- 노자 《도덕경》(육문사, 2011)

- 프레데리케 파브리티우스《뇌를 읽다》(빈티지하우스, 2018)

- 윤태익《나로부터 비롯되는 변화》(21세기북스, 2005)

- 파울로 코엘료《연금술사》(문학동네, 2014)

- 도널드 클리프턴·톰 래스《위대한 나의 발견·강점 혁명》(청림, 2017)

- 빅터 프랭클《삶의 의미를 찾아서》(청아출판사, 2017)

- 박이문《둥지의 철학》(소나무, 2013)

- 조세희《난쟁이가 쏘아 올린 공》(이성과 힘, 2000)

- 데이비드 호킨스《의식혁명》(판미동, 2011)

- 체 게바라《체 게바라 자서전》(황매, 2007)

- 팀 페리스《타이탄의 도구들》(토네이토, 2018)

- 루이제 린서《삶의 한가운데서》(민음사, 1999)

- 강건《독서의 힘》(누림북스, 2015)

- 플라톤《향연》(문학동네, 2006)

- 레온 빈트샤이트《감정이란 세계》(웅진지식하우스, 2021)